無隐山

校尔康 著

作家出版社

作者像

校尔康

姓校名卫，字尔康，号漫城过客，蒙古族（孛儿只斤氏）成吉思汗后裔，深信自然主义而自称城中隐者。曾在南京理工大学读书，后在南京珠江路谋生，并在南京九华山隐修三年，实证自我转变的疗愈力量后开始体验式写作并完成《活在当下的力量》。

已出版诗集《家：梦境中的流水》《在远方》《在路上》《在脚下》，著有佛教传奇首尊肉身比丘尼仁义法师传《九华山上的金刚之花》。诗集中部分作品《在远方》《一个人的河流》等被改编为同名民谣歌曲。

深信死亡是人生的一次旅行，无论是谁早晚都无法躲避；如果有所准备，无论何时我们都可无所畏惧。

让爱流动，有爱的地方就是天堂。

我爱你，千山万水，

我爱你，花开花落。

……

让爱流动，

有爱的地方就是天堂。

目　录

第四辑　参禅访道

第五辑　他是一座安稳的山

第六辑　活着是一朵幸福的花

第七辑　我是一切的根源

第八辑　爱是圆满的智慧

序 / 一个人的生命观

文 / 校尔康

现代人生活的环境让人觉得压力重重，好像每个人都必须在忙忙碌碌中生活，为了证明自己物质的富足，他们只能不停地工作，无法自然地生活，更无法细细体会阳光、空气和水的能量。

人们把所有的成就归纳为科学，把能够描述的说清楚，在不可描述的地方保持沉默。现今大多数人渐渐明白科学不是万能的，它有自身的边际。非科学的感觉、直觉也是把握世界的手段，不去描述不能描述的东西，比如大概率的最终动因，这是哲学和神学的问题。

年轻的时候喜欢不停地行走，尽量让自己忙碌着，现在回想才发现那其实是一种恐惧，那样的忙碌缺乏方向只是掩饰自己罢了。人们追求自然的生命观，常常隐身于山水之间。

弄清楚一个人，也许我们只要知道这人的内心的走向和他的四周环境，我们便可以知道他的深度和那隐藏着的底奥。如同我们习惯地认为他居住的环境和使用的物质。

对于一个隐士来说，如果他的周围是多山的环境、险峻的瀑布和高低起伏的溪流，会反映在他高低起伏的胸际，他一定是一个有着同样的深度的人。自古以来潜心养生修道到丛林中，这也许是很多艺术家寻道找到山林中去的原因之一。

马斯洛需求理论将需求分为五种，像阶梯一样从低到高，按层次逐级递升，分别为：生理上的需要，安全上的需要，情感和归属的需要，尊重的需要，自我实现的需要。

马斯洛认为最基本的需要满足到维持生存所必需的程度后，才会寻找精神的安定，我们大部分的人在追求物质生活的富足过程中，慢慢地失去了作为人性的快乐。追逐外在的东西将成功的感觉投射在一些参照物上，因此而忽略精神方面的滋养。

我们通常认为拥有得多，才是安全的。如果你的注意力放在健康上，那你远离死亡。如果注意力放在战争上，那一定靠近死亡。如果注意力在物质上，那一定靠近疾病。但如果不去想它，那一定是安全的。

生活中有些人动不动以身相许，我经常劝他不要轻言为谁付出和牺牲！其实所有的付出和牺牲最终的受益人都是自己。

不管是白天还是夜晚，我甚至没有时间去领略阳光、空气和水。现在这三样东西显得格外地重要，工业化的发展让阳光、空气和水改变了味道。因为我们现在已经不是对饥饿的恐惧，而是来自对可怕的疾病的忧虑。

追究下去是环境的改变，那又是谁在改变环境呢？疾病的预防如人生一样是一场与任何人无关的独自修行，警觉自己的这种思考将人带到了更深的恐惧中。人放下过去是很难的，尤其是过去十分美好，而未来令人恐惧的时候。

但是你不得不认真考虑现实，因为现实才是你拥有的。为自己做好准备，保持一个清醒的意识，仅仅活在当下。我们总是能看到许多事情的发生，聚合在一起的灾难，像地震一样突然死去那么多的人，我们震惊和感伤但我们无能为力。

放下执着就是超然物外，放下一切，但这不代表你可以放弃爱，因为爱与执着是两回事，执着更多地来源于外界的反射，这时，你能够理解一切事物，阳光、空气和水甚至包括你并未体验过的事，这种状态超越语言！中国人敬畏自然，追求天人合一，尊重教育，懂得适可而止。所以在中国，谈到信仰，与宗教有关，更与宗教无关。那是中国人才会明白的一种执着，但可能，我们这代人最终将不再明白。

魏晋名士的风流和竹林七贤的纯真，是中国古文人的一种气质。当今网络上对时下社会的悲观情绪非常浓重，现今的文人有较大的自由抒发胸臆，但价值观并不明确，有时只是随便喊喊而已。他们更多的还是考虑自己的时位和名位。人要真做到自性潇洒，是需要很大的力量的。

当我们越来越崇拜金钱而不是自然，当然我们不会身心和谐，在上个世纪中国人在为民主、民族、民生奋斗，这个世纪中国人应该为民性奋斗。

我们作为中国人，对我们的文化了解了多少？我们的发展在较短时间内激发的活力，是需要我们去转化的。而我们的思想从某个截面上来看是不足以说明的。

不谈诸子百家仅中国的道即可以化万物，难以了解中国，更不懂中国式的价值。很多人把一些远离城市中心的人，说成逃离社会贴上消极的标签。我倒是觉得这个社会应该有些人，作为一个社会的实验，专门做一些无用的事情，在山上砍柴种地闲来时访友聊天，这些无用的生活方式至少对他人缺少伤害无须恐惧和担心，因为他们不需要金钱去交换物质，对金钱也就不会有太多的想法。

回归自然本身就是一种艺术，看一个人与自然之间的关系，可以看他如何处理阳光、水和空气的关系，一个顺从自然的人一定是一个会改变自我的人。

中国式的教育是传道授业心心相印，师生之间有道的联结和印证。在接受知识时就有专注力和吸纳性。在兴趣和爱好得到发挥时就彰显个性的魅力了，身心健康是无价之宝。如何保持良好的心态，和天地合拍需要自我教育，这是一件值得我们全然地坚持的有意义的事。

一个经历过生死的人，就容易产生顿悟，对于死亡的看法就会发生全新的变化，一个曾经死过的人对于生命不是害怕，而是珍惜。因为在那个瞬间他看见了死亡，觉醒就发生了，死亡只是一个重生的瞬间，在那里没有死而是寂灭的发生。

几年前我读了美国汉学家比尔·波特记录中国隐士的一本书《空谷幽兰》，我认真读完觉得有很多启示。他通过二十世纪八九十年代亲身探访隐居在终南山等地的中国现代隐士，引出了中国隐逸文化及其传统的产生和发展的历史，并将其与他正在采访的现状相对照，表达了对中国传统文化的高度赞叹和向往、怀恋，并写出了他所看到的中国未来发展的希望。

这是一个外国人看我们的文化的视角。想要真正了解一样东西，你必须和它密切相处。曾有人对我说，我在逃避人生，我不敢面对生活，我不这样认为也不必为此解释过多。每个人的命运是不一样的，快乐的要求和人生的价值也是不一样的。

回想在九华山上过这种远离物质世界的生活和那些所谓的奢华信息，才知道摆脱那扰人的欲乐和痛苦有多么艰难，内心不断地挣扎，剥离的杂质可以堆积如山峰一样高，脱落的心智不断成长，让灵性的成熟显得非常地珍贵。

我更多的是做一个实验，当我很小的时候就有这样的梦想，像隐者一样过简单的生活，但真的走到修行的路上，才知道行者的路是非常艰苦的。做一个不拿剑的剑客，学一个不持箭的箭者，行走在世外的高山，那是一种儿时如同童话般的梦想，真的如此生活是非常难的。

一个真正的隐士，他生活的世界是怎样的呢？鲁迅说隐士要"朝砍柴，昼耕田，晚浇菜，夜织屦"——《且介亭杂文二集·隐士》。所以做一个真正的修道的隐士，应该是非常简单地生活，远离物质世界的欲求。简单的生活会给人带来身心的平和，修道的人的理想追求是开悟的境界，是一种追求和得到真理的解脱。

在世俗生活中因为我们追寻的总是别人的许诺，为了改变生活的物质内容，我们不假思索地追随别人所担保的无忧无虑的精神生活。因此我们为了这些欲求，快乐与焦虑、傲慢、嫉妒、嗔恨等情绪交织，往往无法达到内心的宁静，就失去了到达真理的探索精神。

但从古至今有五千多场（现在还在激增中）因信仰和宗派的不同而引起的战争，这也是人类的无明和作茧自缚的极致展现。研究量子力学的科学家戴维·博姆（David Bohm）与印度一位伟大的成道者进行了一场完整而细微的讨论，后来结集成《超越时空》这本书。

博姆认为人类一旦有能力便推而广之地认为自己也需要变得更好；克氏提出了时间感的问题也就是佛家所说的过去心、现在心与未来心；人一开始瞻前顾后，就会产生期望与懊悔，于是内心的交战、挣扎、冲突与困惑便接二连三地涌出。但我们耐心地观察自我中心或我便是所有问题的根源。很多人追求天人合一的精神境界，不管是地球的哪个地方，实际上人类一直在探索宇宙的规律。这种规律或许就是道。

"空无包含了整个宇宙，里面不再有我的琐碎渺小的恐惧、痛苦和焦虑。空无意味着整个宇宙的慈悲，而慈悲即是空无，因此空无就是无上的智慧。"

克氏对人类的性欲、贪、嗔、痴、恐惧等自然展现的能量，抱持的仍然是一以贯之的中道，既不排斥，也不压抑，更不耽溺，只是随顺这些能量的示现，佐以纯然的观察或看。

如果当下看破排斥、压抑或耽溺都是自我中心的活动，当下立即转成空无或无我，此乃转识成智、烦恼即菩提的风味，而空无之中自有至真、至善、至美与大爱。人们之所以害怕谈及死亡，是害怕那个"我"会失去，一个同样的你无论你如何地经历，都有你无法经验的东西。

最初科学是学术的一个分支，现在科学成为一个定论，显然这是不科学的。但是科学精神是非科学的，它是一种信念。科学精神是获取对世界、对一个行业的世界观和方法论的重要路径，但它并不排除感觉、直觉、想象、个人无意识、集体无意识的认知能力。

科学精神不是万能的，它有自身的边际，非科学的感觉、直觉也是把握世界的手段。不去描述不能描述的东西，比如大概率的最终动因，这是哲学和神学的问题。科学把能够描述的说清楚，在不可描述的地方保持沉默。

科学认知的结论、假设、理论都是相对，不要刻意求同，要更多地倾听和审视空间和时间上的差异。任何一种艺术形式，如果长期为人们所钻研，就会逐渐显示出它内蕴的尊严、秘密的思想及它和其他艺术形成的联系。自然生命本身也是一种奥妙无穷的艺术，我们的生活无时不产生出精彩的魅力来。

生命需要你不断开发，同时以更多的劳动来侍奉它。我最终理解到行为艺术是一种心灵的舞蹈，当一个人让自己和自然融为一体，从中领悟生命的哲学，从中得到了自己的认知。有很多成熟的人都忘了自己应该去面对的恐惧，是内在的觉知。一个高度觉知的人自然有能量面对无常的来临。

一个人的生命总是有限的，一位真正的成就者，必定有他过人的地方。让普通人学习一门技术，可以让家庭保健惠及家人。言传身教，这种力量让人激奋，这个伟大的发心背后是一颗慈悲心。教育在细节中，在行住坐卧，在日常的行为中接受知识时就有专注力和吸纳性。培养良好的心态时时关注自我教育。这是一种朴素的生命观，传统文化的道与中医文化整合，用觉知去创造不平凡的生活。

当我们去评价某个不相识的人时是没有依据的，自己体会到的才是真的。我们体会到了生命的意义，人生的态度变了，一切就都会变的。

人类对于疫情的心理恐惧，慢慢适应，各自已经有了自己的办法，人们由恐惧转变成自然，大家都知道，"万物负阴而抱阳"，只是现在人们更多的恐惧是无用的，在整个人类发展的过程中，一切万有都来自不同的宇宙观。

整合治疗，从身、心、灵三个层面去疗愈，应该有深层的修复力量。最主要的心的力量，就是爱，对所有一切抱有无限的深情和感恩。当你真正地看见了自己，那个因就会被清理，只有真正的因清理了，内在唤醒了才会不再受到抗拒。

一个真正成熟的人知道如何去面对恐惧，死亡只是一个结果。恐惧不等于死亡，所有的无常都会呈现令人难以预测的结果。如果你没有高度的觉知，怎么去谈论所谓的寂静和往生，人需要去训练自己的觉知。

生命有某种相似，生活却不是。

人们为什么总是会害怕谈及死亡，认为这是很不吉利的事情，其实死亡只是一个概念，人们之所以害怕谈及死亡，是害怕那个"我"会失去，然而在宇宙之中这个"我"是不断生灭的，十岁和二十岁的人所经验的东西是不一样的，一个同样的你无论你如何地经历，都有你无法经验的东西。世界一直在不断地变化，只是变化的频率是不一样的。

　　一个经历过生死的人，就容易产生顿悟，一个曾经死过的人对于生命是豁达的。世间所有的事情都有无穷的变化，人们常常无法照见自己，是因为无法看见生命的本质，总是无法从某个世界中出离，总会就事论事，实际上一旦出离才能理解自己所做的一切。

第一辑

香在无心处

一生低首谢宣城

我喜欢宣城这个地方，是因为这个地方的人，留下很多有意思的故事。每次走到广德就联想到，宣城这个城市的英雄豪杰，穿过宣城的街道看山水楼台匾额，总有一见如故又格外熟悉的感觉。也期待在行脚途中遇到情深义重的汪伦，能够为他写下名句。如果没有诗仙那句著名的诗句"桃花潭水深千尺，不及汪伦送我情"，又有多少人知道那个汪伦呢？

身处一个单薄的时代，特别疫情还在发生，行走在路上吃住都不太方便，有时要接受很多的盘问和扫码，更是喜欢古人的侠义之情。行脚途中听到汪伦为了成名想请李白到家里来，他说那儿有万家灯火，十里的桃花非常地漂亮，这还不够，还有万家的酒楼，喜欢喝酒的李白当然应邀而往。待李白到了十里村原来只有两行的桃花，万家酒楼原来也只是一家姓万的酒店，李白发现自己是上了汪伦的当。但他是何等地智慧，一边喝酒一边聊天。

等李白酒足饭饱辞行的时候，汪伦已经告诉全村的人，那个名闻天下的诗仙要走了，大家赶快来看一眼吧。全村的人都来到了万家酒店楼下等着李白。诗仙一出门看到一村淳朴的乡民，充满真诚和崇拜的眼神，李白感激汪伦的良苦用心，居然让全村的人来为他送行，当下挥笔而就。

这个版本是我行脚到南陵烟墩那个地方的乡民告诉我的，有人给一心想成名的诗人汪伦出主意，只要请到李白来这儿吃顿饭，写首诗就可以出名。汪伦如实地照办，故李白留下的名句让他真的成为了名人。听到这样的掌故就很有意思，人性不管是过多少年都是一样。在这个时代，人与人之间的友谊究竟如何保持，应该是什么样的一种模式？有人说人与人之间不再是关系而是局，朋友常感慨交一个朋友很难，真的要靠缘分。大家都在名利场上跑，都不容易。时间有限，资源有限，情义也有限。可是路过宣城让我增加了一些念想。

行脚途中歇脚敬亭山酒店，书香味浓郁。随手翻开桌上的书本都是描写名士风流的故事。曾经来过宣城买过宣纸爬上高峰山，可并不知是个好地方匆匆而过，此次不小心发现李白的豪情还要顿首谢朓，可见谢朓的才华如此之高，汪伦是宣城好客主人的代表，从他们留下的风流佳话中获益良多！中国传统的古典文人气质、仗义疏财英雄气在这个城市隐约可见。

路上这段距离没有酒店，临近夜晚也到了歇脚的时间，就停下脚步准备找地方住。这儿前后不靠，就有一位活菩萨驻车停留将我们带到敬亭山酒店，一路上聊天知道这位好心人做一个知名品牌的食品企业，人也很随和健谈。路上聊一点家常，她介绍儿子的教育，要学会面对困难，友情之间唯大义为重，好朋友男孩要气量大，心胸宽才能干出大事业。疫情期间企业业务不好，她劝先生放下包袱，人不是为钱活着，只要工人在就要保证生存，不赚钱有人陪伴在一起也是幸福的。当初也是靠这些人赚钱，现在有困难不能抛弃大家。这段谈话我们作为一段开示。

她把我们送到宣城最好的敬亭山酒店，临别她还特别关照让我们不要在意，送我们到酒店这事，内心不必有亏欠之意！宁愿相信这是地藏菩萨化身说法，真的是很精彩的。

在此之前我们并不了解敬亭山的名气，进来才知酒店不是价钱贵，而是本地人待客的风骨还在。晚上三位道友聊过这些诗词，都是深情抒胸与远古圣人连接，豪情满怀诗意盎然。一时大家读起诗来，回味无穷。

　　众鸟高飞尽，孤云独去闲。

　　相看两不厌，只有敬亭山。

　　谢宣城何许人也？谢宣城指谢朓，在《酬殷明佐见赠五云裘歌》中李白提到谢朓诗："我吟谢朓诗上语，朔风飒飒吹飞雨。谢朓已没青山空，后来继之有殷公。"谢朓的诗，让李白不能忘怀，他前往宣城寻觅故人的游历，可想是多么美好的事情。人逢知己千杯少，想必李白仰慕小谢而又不能对饮，只能隔代神交喝了不少的酒。李白对谢朓倾倒，并以"清发"二字概括谢诗的风格："蓬莱文章建安骨，中间小谢又清发。"人们称谢灵运为大谢，谢朓为小谢。

　　我们从广德境内行脚到了宣城境内，走了三十多公里，春天正浓芳草萋萋，路上还有些小雨，路过茶园，一路翠绿的风光不在话下。真的要写出来，难言载道不得尽兴。人在天地间独行，往往会进入某个境，想想人生的种种际遇，遇到禅机就想到了几个句子，颇能解我胸臆。

　　　　春风若无情，何必弄青枝。

　　　　我本田间客，自得一天地。

　　第二天晚上在酒店歇脚，翻看谢朓的诗，写道：

　　　　绿草蔓如丝，杂树红英发。

　　　　无论君不归，君归芳已歇！

　　一样的风景不一样的时事，读罢让人不敢乱来，害怕惊动宣城的春天。宣城的春天让人有了敬畏。李白称谢朓文章有建安风骨，诗仙自有雄奇纵放的气质，也有清新俊发皓月临空的情境，想必这一特质来源于此。

　　时值疫情期间的空隙，每年二月出发的行脚日，等到了三月三柏明兄打电话来决定一起走九华，这样和寂贤三人一起同行。从寒山寺出发就开始下雨，人在路上就有点同风雨共患难的感觉，在天地之间再大的风雨都必须面对。这个世上多情的男人总是气象万千，前几天一直在风雨里行走，柏明兄一时诗性，"仗剑天涯心中路，烟雨蒙蒙闻道中"。我走在后面看他斜插雨伞，和寂贤两人都肩挎背包，烟雨蒙蒙，车来车往。一切都还真很应景恰到好处。他写出了内心的豪情和对人生的体悟，有他的众多感悟。

李白在宣城游玩交友，结交到重情重义的朋友汪伦。生而为人情义无价，男人的情是义薄云天，不是所有的人都懂得这份潇洒和豪情。"抽刀断水水更流，举杯消愁愁更愁。"青莲居士送别叔父李云校书郎时，这般的情义是如此富有禅意，抽刀断水水更流，举杯消愁愁更愁！男人无情无义，活得只有名利又有什么意义！

宣城这个地方有其独特的魅力。白水田外明，孤岭松上出！风景优美语言也美，"相看两不厌，只有敬亭山"。敬亭山的美就是这样不声不响又难以回头的感觉。

每个人都有一条路，只有自己走过，才知道有多少风雨，多少花开，多少花落。无论李白还是谢宣城，聊起来总是男人的话题，我们路过后就想下次再来，难怪清代学者王士禛评价青莲居士：一生低首谢宣城！是个男人总是希望结交侠义心肠才情俱佳的朋友啊！

下次再去拜见谢宣城！

为什么要上你的车

有一个雨天我开车路过人民医院门口，有个神情忧郁的人站在雨中等车，那时正是打车高峰期，雨水快要打湿他，我请他上车。他一直沉默，为了缓和气氛我和他讲话，他问我送他回家要多少钱，我说一分也不要。

他说那你为什么要这样做，我告诉他如果是顺路，只是举手之劳。他说你不要我钱，那你要我做什么呢？我说以后在雨中碰到淋雨的人，你也去给他一把伞！

他犹犹豫豫上了车，静坐片刻带着思考说："其实做好事很容易，随时都可以，不一定非得去敬老院啊！"他告诉我他在市政府工作，那一天他的父亲确诊是胃癌，准备第二天开刀。他刚和主治医生谈完话，走到人民医院的门口，茫然不知所措的时候，我请他上了车。

他高兴地说："我碰到好人了，我父亲明天手术肯定会成功。"

随即他又问我要电话号码，我说没有必要，我们相识在雨中，记得这个故事就好了。他觉得应该给我车费，我说不需要。要了钱性质就变了，缺乏雨中的诗意！

到了北京东路下车时，他说："最近电台里都宣传不要上陌生人的车，今天我却上了你的车。好奇怪！"

我说："谢谢您上了我的车。"

有时我想起他，就会祈祷菩萨保佑他的父亲平安吉祥！

我常反思自己的成长属于早熟的，小时候就愿意为家庭分担一些事务，由于内在的力量不够平衡，我并没有如愿地做到。究其原因还是因为我过早地给自己背了一个包袱！一个人在没有自觉、自知的情况下只会盲目地抉择。

生活是需要智慧的！

成长是一种痛的幸福，但必须是对生活有一定认识和满足的人，才能体会。当我们把孩子送去很远的地方学习，无论多陌生的环境孩子都要去适应，这是必须要面对的人生。

作为父母我们永远都要知道，和孩子保持距离，在应该出现的时候出现，终有一天孩子和我们一样会成家立业，我们如何用爱垒起边界，那个边界是成长的边界，隐藏着圆满的智慧。

在人生的广场上真正的爱不会动摇，它是宽容、滋养和维持这个世界发自心灵的爱。天下的父母对孩子无私的爱，是宽容的，如果父母都能拥有智慧学会适度地保持距离，很多的孩子就会拥有自然的力量去面对生活的考验。

当我们的爱不占有和控制，如山水呈现而不索求，我们的爱一定是自然的。

鸟儿飞向天空，鱼儿游在水里，天黑了我们就要回家。

湖上一杯茶，人间苦又凉！当我们的生活没有附加的东西，就会觉得轻松。如果有所希求你会有些压力。在山上和湖水为伴，这似乎是一种宿命。当我透过现代的五彩光线观察湖水，我会因水面上的平和影像思索。我想从中探询到积极的经验，什么才是真正的幸福。

当你拥有一个巨大的惊喜，而你又无比地寂静，习惯了在背包放一些书，或者可以分享朋友的小礼物，特别送给刚认识的朋友，他们会非常地欢喜，在没有任何交集的情况下，心灵的交汇互动有一种爱的喜悦。小小的举动并不是去表现自己的慷慨，而是在传播一种理念，尽快地敞开自己的心门，让爱不断地传递出去。

人为什么不快乐

人为什么不快乐？

人为什么会痛苦？

人有追求有错吗？

我们花了很多的时间去探询，心如何安宁，灵魂如何安放？

我们大部分的时间是不得不为生活忙碌，为欲望营生，为情爱左右，无论生活如何艰难，我们都一直在坚持活着，甚至忍无可忍地生活着。这些都是我们烦恼的源头。

这个社会成功的定义是名利双收，而不是心智的成熟和灵魂的安定，更不是给社会带来创造性的价值。其实生活中的任何事情都是如人饮水，冷暖自知，只是我们在日常生活中不知不觉中失去了这份重要的觉知。行脚会让我们回到这个觉知中，在途中随时接受无常的来临。

行脚看起来很普通，却又很实际，脚踏实地地去走，一步一步向内心深入，可以让各种烦恼在不知不觉中沉淀下来，带着觉知默默地走。在行走中做各种修行功夫，在动中来炼心，心反而就静下来了。

现在生活中那些苦过痛过甚至死过的人，会有突然的觉悟，要珍惜生命。我们常常说要让灵魂独自歌唱，哪怕一个人在泪海里随波逐流，也不肯随便向命运低头。其实，该低头时还是要低头。

在行脚途中我们通过行脚，通过疼痛疲劳困乏等等细微的觉察，能够让心灵得以觉醒，也可以真正地体悟到法的实相，体验到无我的实相。起心动念就是此时此刻！

行脚也是求道之人的本分。现在为什么修行人多，开悟人少，因为信息技术发达，很多道理上网查一查，以为就懂了。实际上碰上真正的问题未必能解决，我们见到一位行者九步一拜拖着一辆行李车，已朝礼完峨眉山、九华山。现在去普陀山，在修行路上见闻到这样的行愿者欢喜非常。

我问他：出家多久了？他说：不要问出家人出家多久，出家了能不能解脱。

我问他为什么行脚，他说自己就是想实证佛法，想知道真正的佛法是什么味道！

随喜赞叹这位行者！

在拉萨的八廓街上，你看到的是一步一如来，在耶路撒冷你看到的是上帝的孩子，在终南山你看到的是平常的道，在曲阜你看到的是仁德的孔子。

禅宗讲"宁可将身下地狱，不将佛法做人情"，不用佛法做人情，说明弘扬正法是非常难的，实修实证的次第也是非常重要的。对初学者来说要做到一门深入，需要很大的决心才能入门。

对于一个求道者来说，他更需要一个证悟者在悟道时的真实体验。

多少花开，多少花落。

每个人都有一条路，只有自己走过，才知道有多少风雨。

过去的祖师大德为了悟一个明白会花毕生的精力去求，行脚就是参禅访道，四处参学实证自己，这个方法直接有效。行脚途中会不断磨炼人的心性，在天地间行走会碰触心灵，灵性之花会自然地开放。

这些圣者给了我们爱，超越了时间和空间。当我们从关系中脱离，让心灵静心，爱会滋养我们的灵魂。

只有当自己以神圣的心境去爱，才能体会到片刻的美好。爱，那时候是最清净美好的风光。

在路上，有爱的地方就是天堂。

这样可以安心

当太阳还没有升起，九华山上的空气散发出静朗的味道。每逢秋天银杏树落叶满地，你去寺庙会发现有个僧者拿一把扫帚在一遍遍地扫着落叶，那是一个很有禅味的风景。

在春天，如果你偶尔走到寺庙里去，你会看到一些阿姨，她们不管做什么都是神情安定，每天不紧不慢地生活。日常中她们先在佛前祈祷和做早课，做完功课就几个人围成一个圈子，开始拣菜、洗菜、切菜、淘米。她们很少讲话，偶尔也会讲些笑话，那一定充满机智。

常常驻足去欣赏她们干活时的一举一动，那些简单的工作充满丰富的情态。她们都是一些退休的老人，她们不受金钱的束缚，因为信仰的力量，那些岁月雕刻的皱纹难以见到沧桑，反而给你一种柔和的爱。你去深深地体会，她们的内心无比宁静，她们生活在一个博大而宽广的心灵疆域中。

我想这就是一种禅意吧，一个人若能自信地向他梦想的方向行进，努力经营他所想望的生活，并很好地实行，他是可以获得深信不疑的那种解脱的精神世界吧！他也会因此而快乐。

有一次我发现一个老者，她在离开寺庙的时候，拿了一块钱放到功德箱里，我就问她为什么。

她说："佛的恩德永远也报不完，每天要表示一点心意，善果日增。学佛的心永远不退转，和佛越走越近。这样我会很安心。"

反观自问当初来到这里也是为了追求一种更高的生活，或者说探索精神生活的本能。人带着使命去做一件事的时候，会碰到很多磨难，当你为了完成使命而承担责任，又不得不放弃一些东西的时候，心灵是很痛苦的。

在山上当我从这些慈祥的老人身上得到奉献利他的心法，我会在不声不响的宁静中体会，从中获得一种空灵感，给予我无比的力量。内心感觉到缓缓铺开的寂静像海洋一样宽宏深广。

我从这些可爱的人身上发现一种光辉，它可以照亮我人性中那些晦暗的东西。他们做义工的无私和真诚，工作时的平和与喜悦，会让你的内心寂静下来。我当初来到九华山，带着困倦和忧伤，在一天天的觉察中感悟而清醒了。

当你静静看升起的太阳和山上的花草树木，会发觉一朵花或一棵树也可以进入宁静，你会觉察到你和她在一个世界里。你深深地呼吸，一呼一吸间，你和她融为一体。

在寂静中你不再执于"我"，你不再对身体里的情绪和信息特别地关注，当你从内在升起喜悦和慈悲以及感恩，这个世界就会充满闪亮的美丽和完美的创造。

高　人

有三个朋友来访，坐着喝茶。突然家人来电话，孩子胃疼让我带她去医院。

有朋友在也不方便出去，就让孩子来工作室处理一下。

太太说："给她涂了精油没有用。"

一个朋友说：我给你扎一针，五分钟就好。

孩子说：我不要扎针。

一个朋友说：我给你拍一拍，艾一下就好！

孩子说：我不，不行。

朋友说：给你按两个穴位，马上就好了！

大家觉得这么好的自然方法都有效果，可是她就不接受，让人觉得为难。

朋友又说：那就吃点药吧！

孩子又说：不吃！

我觉得孩子一点也不听话，也没给大人面子，就没有去理会她。我说看看游戏吧，马上就好了。

孩子说：讨厌！

这时另外一个朋友说：你这个孩子怎么把胃疼传给我了，我的妈呀，疼呀！

孩子抬头疑惑地看他。

他说：你的胃不疼了？

孩子说：真不疼了！

了知非一二

非染亦非净

亦复无杂乱

皆从自想起

缘，是多么美的相遇。

而懂得，又是多么美的缘。

如果你的生命中有一个真正懂你，或愿意懂你的人，那一定是幸福的！

我喜欢做静止的流水

用一颗平和的心看人间万象，尽量轻松地过好每一天。尽管有意外的发生，你依然能在大喜大悲中安住，就像听花开的声音，看花落的残缺，一任如此，这才是平静的功夫！

远方的我还在等着我

她在怀念我的一生

在我想去的地方

要和我创造她的艺术

我爱这个世界

已经超过爱你

把自己放在哪里，喜悦安乐就在哪里。

语言是一种欺骗，为什么禅是不立文字，文字会误解真相。一旦追究下去，便会让语言和文字覆盖。真相是看不见的，真相在人们心里。

参禅者常常问：念佛是谁。我们太容易执着自我的感觉了。我们总认为我是对的，世界需要我的存在！

你静下来时，学会让呼吸融入虚空，身心放松下来。当你体会到属于自己精神的那个单独的世界，你会看见属于自己的恐惧，如果你将恐惧和自己联结起来就会觉得一份单独的宁静。

这就是真实的存在！

2018年苏州国际书展上我在分享时，有一个小女孩听我的演讲《让爱流动》，把爱传出去，把最好的礼物送给最爱的人。听完我的讲座，小女孩把她最喜欢吃的黄瓜送给我，看到她清澈的眼睛，那一刻我想到终南山给我一碗白开水的阿姨，她给了我一个非常美丽的回忆。

那一刻，我的内心非常地温暖，人有一颗纯真的心，爱的流动就没有边界，一个人无论身处什么样的环境，他都可以保持心灵的独立。

在这个物质丰富的时代，一个人能坚持本心，心外无物保持一份纯真。一根小小的黄瓜、一碗白开水所展现的东西，是非常难得的，纯真是无价的。

终南山的那个阿姨，她一定知道人生的意义是什么，她日日安守在那里，我想在那个遥远的地方，那个大排档怎么会有生意呢？

她在山上，是不是通过这种方式去帮助那些如我一样的求道的外乡人，让他们在未到达终点时，不要有恐惧和担心？

生命的意义在于内心平静。

真爱拥有无限的可能，人们总是渴求真正的爱，所以人们容易被语言所欺骗，人们对很多东西都信以为真，是因为无法看清世界的真相。为了事业放弃健康，为了成功抛弃家庭，为了目的不择手段。

那都是缺乏觉知！

真正的爱不是占有，也不是永远缠缚的感情，爱是不断地超越自己。我们总是期待未来，多少年过去，走了很多路才发现远方其实就近在咫尺！

爱源于心，始于心，终于心。爱就在方寸之间！

让爱流动，有爱的地方就是天堂！

山高人为峰

在每一个成功者

背后都有

一座山

就是属于每个人的

无隐山

要自己翻过去

不要去找优秀的人聊天，如果你无法受益，你会浪费他的时间，还会找到人生的烦恼。把手边事再做得好一点，等你自己可以发出微光的时候，就再也不会害怕寒冷了。

愿你尘尽光生

愿你尘尽光生，照破青山万朵。

静水流深，花开莲现！

春天到了，桃花就要开了！借用大诗人李白的诗说：桃花潭水深千尺，不及汪伦送我情！

在平常的世界，感谢平庸的生活。新的一年，新的世界，新的你！

谢谢生命中遇见的你！

生命一如往常，这一年的每一天都是流水，不知不觉中走了。大部分的人都身处一个多情的世界，却无情地活着，追求完美的生活，却无法抗拒平凡的自己！

好像人就是越是活着越是觉得平庸，在这个世界上和谁比较都觉得不行，优秀的人那么多，在平民的格局里，又如何去面对自己的真实？

前几天去见一位朋友，相视而笑并相对无言，世上的事情有过生死荣辱，还有什么可谈的呢？

到了这个年纪的人，虽不算大，但已经读懂了坎坎坷坷。风平浪静时，谁都觉得怀才不遇；一帆风顺时，总以为将名闻天下，一不小心才会发现——你仍然是你！

人是可笑的东西，即使如圣人一般还是有无数的野史佳话，这才是属于人的特质，否则怎么说是人呢？即使马云也是时代里的马云，又有多少人能觉得自己可以骄傲！总觉得他人的人生高不可攀，并不得而知他人背后的辛酸！所以，一直待在平庸的世界里活着，就是一个幸福的局，所有的人性都会认为有一个美好的未来，未来在你的手中。这样也好！

一直觉得自己活得像虚无一样，一无所长，甚至一无是处。我接受了无常的思想，这个世界上哪有永恒的东西？就保持自己所谓独立的清净。但你独立未必就能清净。所以你干吗要听人教导出人头地，年轻的时候不是总觉得自己需要一个机会吗？为什么这些年过去，机会还是机会，你依然是你，你不觉得这是一个愚蠢的笑话吗？

我相信这个世界是正常的，而我是不正常的时候，我才明白我总算开始成熟了。作为一个自以为在修行的人，游山访道四处求学，最后才发现生活的真相，一切都是骗局。色即是空，空即是色。

那些在山上修行的人，他的快乐是自然的，在自性里生长，哪儿有什么欲望？断了信息的打扰就没有了苦，整天活在天地之间，当然潇洒自在！

那不是修行，那是清福！

为什么要去证明自己比别人厉害，那仅是一个游戏。如果你能看见真相自然就会变得乖巧，那些非凡的人，命运是不一样的。

而过去的很多年，我一直如白痴一样，认为自己就是一个天才，我现在明白了，所有的不幸都是因为这个圈套！

那，是我害了自己！

还有什么说的呢？岁月静好，真的能静下来吗？因为做起来难才说好，说起来太阳、月亮也只是一个球。人生有什么遗憾都是想得多了，每个真实的灵魂都有非凡的应对能力，每个非凡的愿望都来自不安的心，平常心即道！

心能平常也是道！

太虚大师留下的一首偈言：仰止唯佛陀，完成在人格，人圆佛即成，是名真现实。世事如棋局，局暗藏玄机，一个人能真正融入生命中，自然而然就是一个平常的人，处处圆融，何等不易！这几年能够见到很多成就者，也是非常不易。宽恒上人往生前，常常说自己是一位隐士。他把自己的历史搞得清清楚楚，他说人生要真实。我当时和他说，闭门即是深山，我们知道就好，真实的未必是他人喜欢的。

透过生命的死亡去看待人生，一切都是清清楚楚明明白白的，人生不能从生死中解脱，其他的东西再好都品不出来。去海安白龙寺亲近一位成就者久忍法师，看到一段视频，他说人生是来去自如的，他指指身子这就是个房子，想来就来，想走就走。

他说我信，因为他做到了。

这个是道，我信，因为我看见了。

人越活越觉得没有意思，就觉得还是平庸点才好！新的一年，因为疫情对自己多一点同情心，别以为自己真的聪明。

这个世界上最深的秘密都隐藏在日常生活中，明白了就是悟了。甘于平庸的生活，正常过的人生才能叫日子！

寒山诗曰：

吾心似秋月，

碧潭清皎洁。

无物堪比伦，

教我如何说。

　　春节来临这几天觉得，既然日日是好日，天天都是好日子，就不再那么迫切地想过年了，到了这个年纪总是在重复着许多事情，不开心也要去做，开心也要去做。人有时难免有厌离之心。实际上过或者不过都是要顺从自然的安排！

　　愿你尘尽光生，照破青山万朵。

第二辑

终南山问道

终南山之那山

　　这一生喜欢山，总是从这座山到那座山，我对山有特殊的感情。也有些不太出名的山，但只要有山在，那种宁静安详就在。一座山与一个人之间的关系，说起来有点虚无缥缈的。

　　你要弄清楚一个人，也许我们只要知道这人的内心的走向和他的四周环境，我们便可以知道他的深度和那隐藏着的底奥。如同我们习惯地认为通过他居住的环境和使用的物质，可以判定他是富人还是穷人。

　　终南山与一个民族有很深的关联，常年在山的世界行走，慢慢发现对于一个隐士来说，他的周围是多山的环境，险峻的瀑布和高低起伏的溪流，会反映在他高低起伏的胸际，这是一种显化，他一定是一个有着同样的深度的人。这或许是中国的高人隐藏在神秀的终南山七十二峪上的原因。

传说中终南山高人无数，我所幸在山上拜访到了不少修道人。在大峪口偶遇到南山禅师也是感谢一条叫花花的狗，南山是小圈子公认见道的师父。在终南山深入到住山的生活，其中有很多的乐趣。能够住在南山的茅棚，一些住山的修道人也说我的缘分太好了，见到并体验到的东西太玄妙了，各人的因缘不同吧。通过体会住山的生活，对于如何生活和护理家园有更深认识，点点滴滴都能更深刻地认识到人生要守持中道，积极地修行妙乐所在，不能持有偏见和执着的见解生活。

回到城市后有时看窗外的景色，常常瞬间会想到住在终南山简陋的房间，升起那时体会到的那一份宁静。生活之于我们有时候是一种心灵的觉受，外在的环境不管如何变化，我们都要去体会，让自己的内心获得安宁。

关于道

一、什么才是道呢

有道的人总是离群索居，他们不会在意你来自何处，你去见他常常是在深山老林里，或者在小巷深处。求道的人总是不远万里。

我们在那些山上，见到那些有道之士，但是那些有道的人总会说，道就在你身边。

我们常常去追求所谓的道，不知不觉忘了什么是道，道其实无所不在，只是不知不觉就忘了那是道。

道是什么呢？

什么都是道，道非无所不在，而是道本来就在。

道一直存在着，但我们还是必须过千山万水地求道。无论道在哪里，我们都想找到，找到了就会一直和道在一起。

　　但找到道的路，真的是千辛万苦！

　　道是可以真实地体验，当你和道在一起，你的生命是寂静的。

　　庄子说：形如槁木心如死灰。

　　道有一种心想事成的力量，得道多助，失道寡助。同时也能在学道之中得到领悟。当我们在路上行脚时，天空出现天心日圆的奇妙景象，生命是一种恩宠。在现象的背后有某种奇妙的信息，让你走向更深的探索中。

　　行脚在路上，道路一直都在，人会越来越真实，越来越真诚。

　　脚下的世界是最美的世界，活在当下就是活在自性里，春来秋去花开花谢，人来人往一切都是最好的安排，当我们接纳每一个存在，我们就活在道里，活在爱中。

　　天空下的树叶你们为何流泪

　　请让我独自远行

　　为这种死而复生的寂静

我曾经想做一个作家和诗人。现在实现了。生命是变化的，那个远方的我已经活在当下了。

远方的我，总是在变的！

梦想一直在，现实在变，世界也在变。

人生最悲哀的事情，

莫过于苦苦追求

那些原本可以放弃的念想

却忽略了生命中

那些

应该珍惜的时光。

为了更好的遇见，

点上自己的灯，

先把自己照亮。

人是很奇怪的，因为有空间就会阻隔了多少想象。常常游走于丛林之中，有很多得道之人做了很多大事，他们并不在意宣扬。而有些人常常是把一点点事情说得很大，真的很有意思。有很多人借着因缘为一点名利拼命去争，生怕少了他似的，又何必呢?

后来我也明白了，这就是人!

现在想来做一件事情是很不容易的，一个普通人此生有幸做一件事情，能利人利己很不易。参访一些高人，发现他们一生都坚持不停地做一件事。

做着做着最后就成了此中高人，这就是道!

既然是修行就遵循着道吧!

为此，我深入到终南山，在那里了解他们，以便可以探索那座山的深度和那隐藏着的底奥。

二、终南问道　初入大峪口

到达西安后找到《空谷幽兰》中提及的访道人张剑峰先生的联络处。约好见面的时间，就住了下来。

在西安城拜访了张剑峰的《问道》编辑部，说他正好在山上辟谷。出来后就约见迦南师兄，当时她是自然恩典的主讲师，拿手绝技是双盘。这位师兄在推广维摩禅，我在西安城南一个高级公寓讨一杯茶，不二二不大家来来回回，大家玩得挺开心的。

尽管有很多不尽如人意的地方，生活不完美，大家毕竟还是凡夫未证佛果，还是要随喜这位广行善业的师兄。她说发心在大峪口修了一座茅棚精舍，真的是好！

我从西安城出来找到一辆车去大峪口，路上碰到一个出家人。他住山里有七八年了，他是东北人，在山西五台山出家，法名昌吉，在文殊洞修道。

从大峪口上山乘摩的要一个多小时的路程，我请昌吉一同上车就算是供养出家人，上车后我们聊了起来。他介绍了终南山的情况，山上修行的人有几种类型，有真修行、镀金型、做生意的和蜻蜓点水型。昌吉很热情地帮我介绍了狮子茅棚的情况。

狮子茅棚是在山路边上，在一个水沟边上。这里住了十几个出家人。分布在附近的山洞和茅棚里。路过狮子茅棚时可以清晰地看到道场的影子，我头脑中就出现了虚云老和尚入定的画面，如影像般地出现。

和尚种土豆。

煮饭。

打坐。入定。

三个月后道友来访。

老和尚出定，土豆已坏了。

说话间去文殊洞的路口到了，昌吉法师和我道别后，我继续上山去，直到去终南茅棚的路口，我下车了。我拿着行李，还有三十斤挂面二十盒红牛。重，真重！下车后只有一个袋子身上还有一个背包，要爬两个多小时的山路，对于在城市里以车代步的我来说，有些为难了。只恨平时太缺少这样的锻炼了。

因为看波尔·莱特的《空谷幽兰》所说访道时当带点挂面，以便供养给修行人，表达一份情谊。那个袋子扛在肩上有了重量，慢慢走前面见到一个道人模样的人正赶着下山，拄了根棍子满头大汗。我生了心就送他红牛，不想他接过去说："小伙子，这些东西能到山上，真的是莫大的缘分，我正好下山用不着，你就留着给修行人吧。"说话非常诚恳！心头一热，终南山真是道场啊！

就这样上了山，到了半腰有一户人家，有些口渴要了一碗水。那个阿妈满面慈祥，喝完水很是感恩。给她五元钱，她怎么也不肯收。我就趁她不注意，在碗下偷偷地放了二十元钱。不想，过了七天回来时我被认出来，又还给我了。这样的人现在真的少啊！

人生又何尝不是一碗白开水啊！

下午四点钟的光景，我终于到了终南茅棚。

在山里面喝的是自然来的水，一到晚上水流的声音会特别地舒缓，你让心融入到水里，那声音始终是一个节奏，不紧不慢地，保持着一种平衡。这个晚上我初到终南山茅棚，在张先生父亲的热情安排下，住在最下面的茅棚，房间可以容纳七八个人。

山上是日食两顿，他们怕我晚上不适应，就让我吃了一个馒头算是充饥。

三、那些修行之道人

衣食无忧从何来，

良田片片双手采。

草堂妙乐笑开怀，

人间自有神仙在。

那些道人不喜欢和你讲话。如果你是访道的，一般会接待你。

但聊得如何要看缘分。

那些人，口护清静。静虑。寡言。

那些人，喜欢独居，一洞，一棚，一屋。

那些人，喜欢一花、一果、一草、一木、一水、一石……

那些人，并不神秘。一言一行，一动一静。

那些人，懂得比较多。静修博学大多有些功夫。

那些人，易笑，笑而不语。

偶遇终南琴者梁老师

　　我和小李在外面访道回来，准备离开大峪口。路也熟悉了，但花花这条狗把我引到了散人的茅棚。散人站在茅棚门口说你是来找我的，我和小李就分开了，来到了散人的茅棚。散人送我到了他的茶室，说你喝茶我去吃饭。

　　他的茶室是用木头做的亭子。亭子四周是玻璃，茶室打理得很干净。坐在里面，透明无碍又可挡风雨，还有很好的观景效果。白云伸手可取，群山静静无语，闲坐片刻也很舒服。

　　一会儿散人来到茶室，我们喝了两杯茶，他告诉我梁老师带人来弹琴。

　　心想来终南山弹琴！

一、遇见

南山散人说："梁老师年近八十了，他在终南山有一琴舍，去终南山访琴的人都知道有一位梁老师。"

我刚到终南茅棚什么也不知道，本来和小李约一下去楼观台，现在多了一出戏就住了下来。茅棚的二层山的广场上来了一群人。散人带着我从山下走到二层时说梁老师带人来抚琴了。

上面来了十几位道友，其中有几个人穿着汉服。有一张琴桌上面放了一床古琴，一位长者正准备演奏，几个人在下面或坐或蹲着。一位女士翩翩起舞。

这样的风景是好奇怪的！

大家都以为能到山上修道的人都是简朴的行者，怎么会有这样的风景，即使在都市里也难碰到这样的风雅之人！

二、听琴

古琴刚刚开始兴起，我是刚入山的新人，自然是非常地好奇，就静下心来听琴。这也是我第一次听古琴现场演奏。

灵山。白云。白衣。冠帽。仙女。古雅！

那一天大峪口的山窝，太美了！

我问：世界怎么会有这样的风景？

散人答：有正法修行的地方，自然有人天的供养。想必你也是有德之人，会得到这样的礼遇。

我说：惭愧！鄙人五毒俱全，梵音洗心能得到一些清明，让我洗心革面！

散人笑说：清者自清！

机锋闪现间，如沐禅风！

天上的流云，在静静地流动！

弦音在空谷中穿行！

三、大音希声

那一天，天地之间万物和我共长！清静的妙乐，确实是无上的清凉！

在那个环境中，你可能不是听什么曲子，不是听什么旋律。

在那个瞬间！

你看见了什么，琴音打开了心灵的窗户，有些美妙的东西自然会成长！

你可以不懂，也可以去懂。

四、月下闲话

晚上，道友们下山散去。散人安排我住下面，因为是初入山，山里的规矩是道行高的人往上住。

洗好后，月亮已经上来了，山谷里特别亮。就到上面找梁老师聊天。

他见我找他很高兴，即兴为我来了一曲。

然后我们就移到外面讲话。

他说：这边是广交朋友，广结善缘，顺其自然，随遇而安。这边是大音希声，我演奏了那么多的乐器，最后爱上一个声音很小的乐器。声音越小它里边内在的东西越多，因为这也是一个小宇宙，伏羲造琴嘛，你看天圆地方。

他说：古琴很有意思，是内容广阔的东西，你很有灵气，我可以教你。

他说：这 13 个徽，象征着 12 个月加一个闰月。长度 36 寸 5，象征着一年 365 天。这五声音节就是金木水火土，宫商角徵羽，哆来咪发嗦嘛。在西周的时候，周文王加一根弦，周武王加一根弦才成了古琴，七弦琴了。所以说它是天人合一，把人的思想境界融入到里边，不是单纯的一种乐器。

我说：我很欢喜，暂且让我做一个听琴的人吧！感恩您哦！

梁老师：人的修养要学习大自然，它能使你的心怀更开阔。家在城脚下虽然静，琴声的流出还缺少点什么；来到这儿就是心灵的修行，可以悟到很多东西！

你呀，就住这儿，我教你琴！

当下，我双手合十！

五、分别后

从终南山回来后，学琴的人越来越多，朋友中有不少这个派那个派的琴者，往往听琴时会看看我，希望我能听懂琴者之音。

而那时候，常常怀念终南山上的那位隐士！

或许就是缘分，大概是 2013 年我邀请他来南京，做了一个听禅音乐会，几位大师同台演出，有王健、王凤云夫妇。都是非常了不起的！道行天下，真爱无限！

　　也了了我的一个心愿！

花花那狗

松涛清溪伴微风，虫鸣犬叫静无容。

长夜无门心无床，天明终觉空似房。

一只叫作花花的狗。

最初我上山的时候，并不认识南山禅师，那天访道终南山大峪口后，我想离开莲花洞，去虚云老和尚住过的茅棚走一下。

陪我一起的道友小陈也准备到华山去访道。是花花把我们带到南山散人的茅棚。这条狗很有灵性，它是山下一个农民的狗，禅师去它家，它正生病中毒快死了，结果救了它一命。它非常感恩，经常去南山禅师的茅棚护法。

那天，花花把我带到茅棚，南山站在门口招手说，你是找我的吧！

我能在山上他的茅棚过了一个月原汁原味的农禅并重的隐士生活要感恩花花。

花花真是一条有灵性的狗。

花花真懂得护法。

那一碗白开水

我经常和朋友讲一碗白开水的故事，也是一段菩萨的示现，至少我认为吧。

从山口向上走应该还有两个多小时，印光大师当年修行的莲花洞还在，我差不多到了半腰见到一户人家，有个木板上面写着：大排档。门口有个小方桌有两张凳子。真的有些累了，就想憩一会儿。心想这么偏的地方给他做点生意。

这时屋里走出一位老人家，一脸慈祥，她说：哪儿来的？坐一下！

我说：南京。

她说：访道的？

我说：是啊！

她说：没见过你！

我说：第一次来！

我们就闲聊了一下，老人给我一碗白开水我也喝了下去，解了渴。准备继续上路。

我想在这儿喝了一碗水，感恩之心生起，就拿了五元给阿姨，她怎么也不肯收。就拿了二十元钱，趁老人家不注意扣在碗下告辞走了。

过了七天，我从山上下来去访道，又路过这里，老人家一看是我开心地招呼我，一定让我憩一会儿，我也很高兴。就又坐下来，和她聊上两句！

不想老人家进屋倒了碗水，把那二十元钱拿出来给我，我心下惭愧！原以为我可以做的布施，其实人家比我们还清静。

很多朋友谈终南山的隐士，我不想说很多人是装的，但是终南山真正的隐士，我想她肯定是！这位老太太是菩萨来度化我的，小瞧人家了，心里自然忏悔！

这样的人现在真的少啊！

终南山大排档那一碗白开水，在我的生活中成了一个特别的礼物，它让我明白，在生活中一个人最需要的时候，适时给予就是一份特别的礼物。

君子之交淡如水，人生真正的美好，应该是具有独立的思想、独立的人格和独立的精神。有时，刻意赠送的礼物会成为别人的负担。人为财死，鸟为食亡。但是，对于一个追求心灵自由的人来说，不应该屈服于物质的生活过分地注重金钱的力量。

由于物质带来的压力，让人失去了自我的独立性，心灵就无法安定。这样的人，就很难成为一个创造者。在生活中我们都应该保持恰当的距离，不要给人不必要的压力，所谓平常心是道！

平常心就是不平常！

成大事不在于力量的大小，

而在于能坚持久的专注力。

生活其实也很简单，

喜欢的就争取，

得到的就珍惜，

失去了就忘记。

人世沧桑，谁都会彷徨。

但，有限的生命

不允许我们挥霍

那份，人生的苦辣酸甜。

那山上之水

草堂雨天一景

细雨山色雾蒙蒙,

清风远客乐融融。

禅茶一味心已空,

闲人过客也从容。

　　一个人在山上生活要适应各种变化,山洪、野兽、饮食、用水。住山的人有很多必修课,当周遭的环境发生变化时,马上就要去适应它,了解自然的规律并去适当地改变。要觉察外在的内在的变化,将它们引到合一的轨道上来。

人接受一些东西是很难的，当山洪来临，你必须去疏通理顺，必须要弯腰观察水的方向，将水势引导出来，水力小了的时候再深挖沟底，洪水会慢慢排泄掉，有时就要把水道里的石头拿掉放到合理的地方，要想安定就要改变，这样慢慢和自然就融为一体了。当然，这些功课和人生的功课是一样的，面对和解决都需要智慧！

在自然的环境里修道就是与天地为道，有很多生活的窍门。平时晚上早睡觉，晚上要少喝水，这样夜里可以不起床，阴雨天要多睡觉，一天可以吃一顿，或者两三天吃一顿，静养也是一门功课。

在山里还要认识野菜，哪些有毒哪些食用哪些药用。南山散人特地将我带到山上采了半天野菜，让我识别哪些是无毒有机的蔬菜。我们采了很多装在袋子里，烙饼吃。

那个散人

山间小溪日日流，菜地青草无见愁。

仰看群山笑无语，草棚树下恋翠花。

南山散人是终南山隐士，他的生活非常道。他有时穿僧衣，有时穿道衣，有时说法有时布道。或魔或道。

我在山上他的茅棚过了个把月原汁原味的农禅并重的隐士生活。

南山散人住山快二十年了，他儒释道三学全通，文武全才，是一位修道的高人。与其相交获益很多。这种清静的生活是一日二餐，每餐三菜一汤，汤是用白开水洗刷碗的水。

菜有野菜和干菜，学习了种菜锄草并能采摘野菜，因为有几天山洪来临我学习了治理洪水的一些基本疏导的知识。在山里面喝的是山顶上自然下来的水，要在桶里沉淀后才可以吃。一到晚上水流的声音会特别地舒缓，你让心融入到水里，那声音始终是一个节奏，和各种虫鸣鸟叫在一起，不紧不慢的，保持着一种平衡。

每天中午是禅茶一味必修课，学习经典并用心茶道，将人生和生活一起泡在茶里参悟。尽管山洪来临也是如此。

那些日子有幸目睹散人调伏一名修道走火入魔的年轻人，这名年轻人俗名徐子，因一心向道浪迹江湖，学成了游手好闲的光说不练的口头功夫。

一天下午，我从终南散人的茅棚下来去他的茶室喝茶，见到一位行者模样的年轻人。进来后，他非常标准地行了大礼，长跪不起！

散人说："起来吧！"

年轻人说："师父在上，请收下弟子吧！"

他掏出口袋里面所有的钱说供养师父，我看他虔诚之举，令人动容！这样年纪的人有一份道心，心中赞叹。

散人说："小小年纪怎学得这个样子，世事无常，人情冷暖，你温饱未解，何以修道？"

年轻人说:"无欲则刚,我心无住!"

散人笑曰:"说得好!'我心无住',好!你可知平常心是道,一个人应该自食其力解决身体所需,才可以用功办道。你这样转来转去,学了一身江湖气,骗人骗己!可知?"

年轻人说:"身不住于心,心不住于身!弟子道心坚固,请师父收我为徒,弟子定会赴汤蹈火!"

散人说:"太好了!"

他随手拿起桌上的一块茶板,敲敲年轻人的头,问:"疼吗?"

年轻人说:"不疼!弟子业障深重,请师父加持消业!"

散人闻言手起板落,重重一板,只听年轻人"哎哟"叫了一声。

散人问:"疼吗?"

年轻人说:"不疼!"

散人摇摇头,说:"好!你就慢慢装吧!明天给菜地挑三十担水!"

每一次经历都是过往,都是生命的一部分!

那个小孩

叶上露珠笑盈盈，心底阳光软绵绵。

门前小路水妖娆，石上脚印亮风骚。

那个小孩非常感恩山里的生活。

他说：我过去太不懂事了，一个小孩怎么可以打父母，不让他们去上班呢？

他说：一个不会吃饭的人将来怎么会有出息呢？

他说：我不会拿筷子，师父不让我吃饭，我当然哭了。师父让我夹两碗黄豆，夹黄豆的时候肚子还饿。夹着夹着不想哭了，肚子不饿了。后来我觉得快乐了，我就不想吃饭了，饱了。

他说：师父讲筷子要一动一静，一张一合，一阴一阳，一里一外。筷子能调整身心。

他说：我虽然对爸爸妈妈凶，但我一个人不敢跑下山的，有狼有熊出没。

他说：哪有小孩子打父母的，我真的不乖。爸妈实在没办法教我，就求师父教了。师父说我变好了，爸妈就来接我了。

他说：一日不做，一日不食。我要学会光脚功，可以行万里路。

他说：师父对我严格是希望我好！不会做人怎么会成人呢？学习《三字经》《弟子规》才懂得自己太无知了。惹师父生气是我不懂事。

他说：做什么都要守住规矩，没有规矩，自己就不知道犯错了。

小李找师父的故事

在终南草堂住了几天，几个道友慢慢熟悉了。小李是从北京来的，他是来找师父的。他到终南山已经有一年多了，他的师父是药王派的，曾经云游到北京遇到小李要收他为徒，小李父母没有同意。

第二次小李腿断了，工作也辞了。他是一个厨师，躺在宿舍无人能助，师父又出现了。这次治好了他的病，还是希望他出家修道。

只要小李同意，他的师父承诺供他读书，并教给他一身的本领。小李是河南人，回家又问父母，父母就一个儿子还是不同意。

回到北京过了半年，一天小李想通了就准备出家，就到终南山找师父，到了终南山才知道山很大，长五百里。他四处打听，一直没有找到。

我后来回南京就没有和小李联系，我们两人曾经一起爬过山，访过道。但大家有个习惯，不怎么留电话，就是看缘分。他后来每天就在山上打坐，读《清净经》。我当时问他，终南山七十二峪，你找到哪一天，才能找到师父呢？他说不管，反正一定要找到师父！

一晃十多年过去了，小李现在干什么我也不知道。我打电话去问了一下草堂的那个朋友。他说我走后不久他也走了。现在想来，他的师父是不是在用这种方法引他入道呢？

他一路寻访，一路见高人慢慢就会到道上了，如果这样真的是非常高的道啊！这样去想，他的师父用这种方法，让他得到多少师父啊！

中招了：被外道采气

在终南山茅棚住了一个礼拜准备去狮子茅棚访道，李道长说在中间路上有几个修道人，有个道长是专门治病的可以访一访。

我们称他李道长是客气的说法，他住山也就半年多，他让我称他老李，以前是做外贸的，赶上时代赚了不少钱。作孽有一个儿子没有教育好，做什么都没有长进，常常是半途而废。他每月供他吃喝玩乐要一百万，不给就会闹，他老婆也帮儿子闹。家不安宁，老李本来就一身病，加上儿子处处为难他，太太又宠着儿子和他闹，心灰意冷生了一场大病。碰到一个高人指点，让他赶紧修行不然活不过三年，指点他到终南山去。

他就下了决心上山，索性把手机卡银行卡统统都扔了。我称他李叔。我和小李下山到了道长那儿已是中午，邻居说道长云游去了，你过几天再来，前面有个坤道可以去看看。

于是，我和小李师兄两人商量就去看看，反正都是访道。就去了那家，敲了敲门，说了两句行话，出来了一个男士请我们进去入座。房子简单有几张凳子，然后倒了一杯白开水。他就让我坐一下，请道长来。

闲坐间感觉有点阴冷，好像气场不太好，反正也就坐一会儿就没在意。这时女道长出来了，一脸微笑，无非问道友远道而来，有何事，哪里来的。大家寒暄一下，见她道气十足但特别地冷，也没在意！

这时又来了两个小伙子，也是在这一带修行的，他们彼此倒熟悉，我就听他们讲话，一人说见到了小白，一人说见过小黑。后来我问才知小白和小黑是两只熊。

谈话间头有点不适，就想移开。可发现道长让我再和她近一点坐，我再看他们几个人，全是面黄肌瘦样脸上全然没有血色，一念闪过警觉起来，心下暗急莫非是外道！

转眼间，女道长脸上慢慢有点血气，而我却很不舒服，全身发冷。心下凛然！

我赶紧和小李讲，我们到外面拍张照吧，这样借故走出了门。小李帮我拍照，在阳光下我们拍了两张照片就赶紧离开。我身心冰凉觉得哪儿都不舒服，头闷闷的，知道坏了。

　　我说，快走！小李和我刚走到大路口，我头痛剧烈实在控制不住，大吐！吐得翻江倒海，妈呀，中道了！

　　行走江湖，要小心啊！为此我整整休息了两天才缓过劲来！

山上的那些路

小径幽幽石上行，茅棚静静声无言。

达摩开示何处现，明心见性话真空。

那些地方本来没有路。

那些路是慢慢走出来的。

那些路，山路，水路，草路，泥土路，石头路。

在山上他们自己的土地上，那些路上的石子和石块是自己一块一块搬来铺上的，那些石头是用心铺上去的。每一块都代表着心的力量。

你踩上去才会安稳。

山上一下大雨，那些路就没有人走了。所以，行者备有伞、拐杖、雨笠。

师父说：这个世界很大，你行脚要边走边参，一定要去参访，边走边参。有道的人在身边你也不知道，等到蛟龙出海你就来不及了。

　　　　天地万物现神奇，
　　　　蛟龙得水显端倪。
　　　　人间烟火天堂事，
　　　　草木芬芳咫尺间。

第三辑

夜宿寒山

禅究竟是个什么东西

行脚九华山夜宿寒山寺，那天的雨很有意思，凌晨寒山寺的钟声敲响时还没有下，等到雨开始下时，鼓声也声声不息，雨就越下越大。因行脚来到寒山门下落脚，一宿一声清亮的鸟鸣，便从床上坐起。然后穿过庭院，禅钟法鼓震人心，山石香灯照树影。寺庙的别样风情让人清醒起来。

到了大殿出家人鱼贯而入，和尚一起参加早课，课上气息宁静，有默默的凛然之气，能感受古朴的家风，在疫情期间用功办道料理家务，寺庙的功课就显示出来了。三宝的威仪和梵呗的节奏让我这样的门外汉都觉得特别滋养！

因昨晚上和尚开许寂贤法师行脚，他要向和尚告假，昨天和尚匆匆聊过几句家常，随口发表了自己的几句感言，同行学兄沈博士，初入禅门就随同一起去参访。昨天和尚说寒山长老往生西方不久，法师觉得他依然驻锡，寒山寺的古木参天，翠鸟流声，但造物者的神韵还在，我想这个就是以心传心心心相印吧！

见了和尚虽交往不深但彼此乡音熟悉，有些共同相识的朋友，自然更加亲近些。话题不离功课，禅堂书画一些已故长老的真情宽爱，一些历史的佳话典故，寒山拾得的精神探究，一一道来，如绵绵流水，倒也畅快！时间过得快，每想告辞雨就大些，心想这是留客的光景，话语间帮我们安排了晚上落脚的地方，我也不好意思拒绝，随缘接受美意！自古多情还是出家僧，我虽长发白衣但这些年跑了点江湖，也是知道些真假，十分地感恩。寒山长老的贤能法子，都是非同凡响的人物。

雨还是在下，一直等下去肯定不行。告别和尚后去拜一下禅堂，禅门外两幅大字，如韦驮菩萨驾到，气势特别大，刚猛圆润，狂野有度，看似东倒西歪，其实正气十足！红底白字估计是拓品，"道布三千界，身修五百尊"。一股古朴的禅味扑面而来，好！

出了山门上路了，这雨就是这样走着走着就没有了，走着走着就下了。人的心也是这样在无常的世界，总是要转化有常的认识。

路上的事情也就这样吧，习惯了风雨，蓝天和乡野，只是雨中的落花实在惊艳，那些沿途的樱花一边开一边落！这种静中有动的美是无法描述的！

江南的美是一种隐士之美，山石楼台的造型却离不开藏，寒山庭院景观，有塔，有山，有水，九曲回廊，曲径通幽，气象万千。真的称得上隐士的花园，莫过于这座江南的庭院。

寒山就是一座山，寺庙特别地宁静，这位和尚花了三十多年的时间打造了这所寺庙，虽然在中国丛林中赫赫有名，但她依然如隐士一般存在，十分地美好！

走来走去，禅究竟是什么东西呢？

可能步步为禅，处处用心啊！

我本江南行脚僧，

白衣长发过余生。

太湖神仙施雨神，

九华过客洗风尘。

江南书剑僧

江南的庭院自然要数苏州最有特色，寺庙也是，无论是格局还是品味，我都喜欢寒山寺的寂静和安然。寒山文化做得很有品味，和合书屋在运河边上巧夺天工，借日月光明照亮寂然之心灵。和合艺术馆在寺庙庭院内，引导善信去探究古老的文化，贝叶经馆传承经典存放富贵庄严，处处都呈现了禅者的用心，寺庙回归本来的教育，让人能感受自己内在的缺乏，会不断自觉地去深入地学习。

行脚归来在寒山堂上拜见秋爽大和尚，晨钟暮鼓庭院深深，寺院的气息让人非常怀念九华山四年的生活。大和尚说几年前把玄奘法师的舍利从日本请回，顿时想起玄武湖边的三藏塔，曾经一次次地拜在塔下，山上山下多少个来回，玄奘大师舍利的加持让一个无名的人进入了无边的法界尝到了佛法的甘露。

非常敬重他用心打造的寺庙，一个一心扑在佛教事业上的有心人。行脚的原因相识后聊了几句，都是苏北人乡音熟悉，语言就很流畅，还喜欢故乡老豆腐老百叶，还愿意为家乡做点事情。

熟悉后就常去寒山讨茶喝，看古寺长廊碑刻，粗石拙板。绿草枯枝，青板竹片。晨钟暮鼓，香火相继。

琴书须自随，禄位用何为。

投辇从贤妇，巾车有孝儿。

风吹曝麦地，水溢沃鱼池。

常念鹪鹩鸟，安身在一枝。

在苏州接触的大和尚不多，个个非常地低调。一直关心老家的寺庙，说起观音寺来秋爽大和尚才介绍起恢复建设的一些因缘。原来长老一直想恢复祖庭姜堰观音寺，由于种种原因几次发心都没有成功，秋爽法师为了师愿发心恢复，花了十年时间建成了这座泰州观音寺，非常地了不起！作为蒋垛人非常感恩寒山寺这对师徒，孝行如一。

长老是家乡人，往生后听闻母亲说秋爽大和尚如理如法地办得很好，既庄严又不排场还没有任何的是非。聊到老和尚往生这件事，佛门中能尊重师父遗愿践行孝行的法师很多，但这位法师更为用心，他说那个地方是江南的布达拉宫。上次行脚出发前和法师见面他曾说过每每于此能觉得师父还在，寒山寺的禅风习习，长廊深深，心头一阵清凉。在师父后面拍了一段穿过长廊的背影，一个单独的身影！

　　不识心中无价宝，犹如盲驴信脚行。出家人将一生贡献给这个世界，有多少人能在人世间独自解脱，多情总是禅门人，听法师说长老灵塔安放在白鹤寺，萌生了去礼拜的想法。下午在一位法师的引领下到了灵塔上香礼拜，内心非常感谢这位圣者，性空老和尚的字、圆霖老和尚的画是佛门的佳话，老和尚用一支笔为恢复寺庙写个不停。

　　疫情期间秋爽法师连续抄了四部一百六十米的长卷，有时一天站着写九个小时，心无旁骛这是何等专注！在茅棚里有一"悟"字，力透心空圆润温和，禅味十足。曾经看过秋风法师写的《吉祥经》，清新脱俗。老和尚言传身教弟子甚多，我恰巧认识的两位法师书法都非常地好。

因为写诗的原因，我对寒山寺有种特别的深情，寒山钟声固然闻名于世，寒山诗词有如白描，寒山的深情却无与伦比，能将世间的事情说得十分地浅白自然。

      我闻花鸟声，声声有余痕。

      寒山下小雨，初心已湿润。

      钟亭门外人，问我干什么。

      花猫从前过，也想翻经书。

大凡成就者，透过他的人生经历，自然就能读懂他非凡的内在。任何一个平常的人都会觉得自己有一段非凡的经历，只是无法去打开。人不需要比较，人一旦比较就会累。

我常感慨，一个人一天究竟工作多长时间，一个人的心究竟隐藏着多少智慧。我和寒山的禅僧有些接触，也常去亲近禅者，每次看到秋爽法师的书画作品都很惭愧，疫情期间写了长达四卷二百多米《泰山金刚经》，几千幅画，每日书画有八九个小时，还要开会接待料理事务，家风祖训严格依教奉行。这样用功的人少。

与人相处赞叹他人，"要得佛法兴，全靠僧赞僧"，每次亲近他都能学到感受到无所不在的慈悲，他一定要留我吃个晚饭，哪怕一碗饭，一碗面条。这种待人的深情，时常会让我觉得他的平常的性情。

秋来草木黄，

但闻鸟声长。

白云会写诗，

流水不相知。

江上观鱼人，

转身入梵城。

偶遇英雄客，

伸手取黄昏。

我们会聊聊诗词，讨论园林艺术钟文化，佛法禅诗甚至时政及各种观点交流。有时下午去喝茶带点面包去，他居然把过期的面包当作干粮，舍不得扔了，画画时就作充饥用。

在斗室里全是墨香，手拓大师戈老师也经常去，互相探讨钻研，先临后写这种严谨治学的精神也值得赞叹！一住寒山万事休，更无杂念挂心头。他是一心为佛法的人，重视教育培养佛教人才，发展佛学院扩展教育范围提高教育质量，还重视办天台班弘扬天台教法。支持南传佛教，翻译《贝叶经》，这些事情都是佛法的事。

我喜欢创作一些东西，搞一些文创玩玩。夏天时想做一套晨钟暮鼓的茶具玩玩，特地请大和尚写了一幅字，虚空有尽我愿无穷。这个愿力确实有无穷无尽的力量。如果你不努力，你是无法知道努力的人是如何活着的。

以笔作剑断烦恼，用纸示心证菩提。

佛法是不可思议的，也是妙不可言的。

竹庐观雪景

　　寒山精舍内有一雅室，名和溪轩。寒山主人，爱竹用竹，造了一个竹庐，非常地高雅。清风竹韵，茶水间溪水有声。人居其中，自觉心神逍遥。

　　千百年来，竹仍是竹。

　　竹，不仅外表刚直，更有容纳海川的开阔胸襟。与君子量不极，胸吞百川流相当。

　　　　竹庐赏雪雪无声，

　　　　红庐点雪一点雪。

　　　　窗外腊梅望红梅，

和溪轩内品寿眉。

这是禅僧和我喝茶时写的，我心匪石，不可转也。自然到了极致，也是表达的极致。禅僧的墨竹看似平淡但不平凡，朴素背后，蕴含的气韵与美学，是禅画写意的高妙与诗情。这与多年的禅修心境有很大的关系。

一个人要取得成就，都要经历许多的磨难。听大和尚聊竹颇有意趣，从郑板桥开始，苏轼、赵孟頫、八大、石涛、吴俊卿等诸家墨竹。喝茶聊天方寸之间，人生恍如昨日古今。他每天都是坚持四五个小时的书墨禅，这也是一份不可多得的定力啊！

苏轼一生嗜竹如命，置身竹林，宛如与君子做伴，以此勉励自身。世谓竹如谦谦君子，君子之姿，亦是竹之姿也。

王阳明身处竹林，悟天下之物本无可格者；其格物之功，只在身心上做。心是人的君主，内心宽阔，格局宏达的人无论顺境逆境，都能笃定安详。

用心之人，必慎其独！

人经历磨难，自然了然许多道理。君子若竹，是绝不可锋芒毕露，与人为善不可针尖麦芒。

静水流深，不显山不露水，这样才能默默做事，胸怀天下还能立足当下，这就是说竹子的精神！

有一次喝茶正好下雪，在竹庐就写点诗偈应个景，我们写下来留个纪念。

一天下雪，我从金鸡湖过来，禅僧邀请我去竹庐喝茶。刚开始雪下得不大，但房间还是显得清冷，随着柴水开始升温，只见室内热气腾腾，外面的雪花飘飘，还有一只鸟飞来，自然的美景，充满了诗意。此时此景，我们各自赋诗一首：

飞雪迎春姑苏城，和合雅苑画中人。

鸟语花香和溪轩，室内赏雪品香茗。

——秋爽

竹庐赏雪
——访寒山方丈秋爽法师

清波映照姑苏城，春风满面画中人。

满天花语水连天，一窗风雪半天仙。

禅者之心，荷花补水

心安隐后，忽然自有

觉明虚静，犹如晴空

禅是一个美好的世界，一个圆满快乐的刹那！

寒山寺有江南的美，和合书屋如一种隐士之美，透明而又玄妙！

在寺院中山石楼台的造型却离不开藏，禅僧精心打造的寒山庭院景观，有塔，有山，有水，九曲回廊，曲径通幽，气象万千。我想真的称得上隐士的花园，莫过于这座江南的庭院。

送女儿上学后去寒山寺拜访秋爽法师，有几天没有去了，一是自己事情多，大和尚荣升会长事务也会多，不便去打扰。

前几天我尊敬的一位老先生给我一个红包，鼓励我的写作。我心下大惊，不敢接受。这是一份沉甸甸的爱，异常贵重的礼物。想到先生八十高龄的人，又无法拒绝，太太就提醒我为老人去做功德。正好就去把红包交给寒山寺的客堂，顺道求一幅字转赠长者沈先生。

喝茶就是喝茶，为什么包含着很多礼仪和规范？

从历史上看，中国人赋予茶很多传统文化的属性，茶传承了中国人天地人和、顺其自然的大道思想。又有中国人为人清雅安静的君子风范，中国人人人都吃茶，是民族文化交流的一个方法。

书法也是中国人交流的一种方法。

平时禅者喝茶就是这样玩的，禅茶一味这个也算吧！

轻声慢语雪飘临，

落地无声入心田。

一庭雪花白皮松，

笑而不语问寒梅。

二十年前老者就认识了，他是一位学者，是中医药大学的教授。沈教授是很有情怀的一个人，他是溧阳人。为家乡修路造桥，大爱的人非常地善良，他希望我能做一个他心目中的人。

大和尚的禅房满屋墨香，他在安静地写字，屋里有两位熟人在观赏。进得屋来大家聊了很多星云大师的话题，深切缅怀大师，大师的教言和世间的证量，给我们无量的震动。回到当下，大和尚把他对中国化佛教的理想，如何弘扬佛教文化如何落实，打开了话题。这几天网上收集了缅怀大师的不少诗词和文章。民族自信离不开传统文化，中国人的传统美德是老爱幼，幼尊老。

聊着聊着就有了想为老先生求幅字的念头，是着实地感动，就向大和尚说了和老先生这个交往。给他看老先生写的文字，他认真问我写什么呢，如何能表达我的心意呢，我说您定！

禅者起笔写了：仁者寿！

一出门夜色阑珊，走在寒山寺的长廊，红色的灯笼发出温暖的光！

仁者寿：见寒山寺大诗碑

　　人间天堂和合门，

　　无边法界接众生。

　　闲庭信步阅春秋，

　　书墨飘香心气爽。

寒山钟声是什么禅

寒山钟声已经成为中日传统文化交流的一个和平音符。寒山寺的禅法也是石头希迁的临济传承，石头希迁主要的开示和接机用"谁"字话。

僧问："如何是解脱？"

师曰："谁缚汝？"

问："如何是净土？"

师曰："谁垢汝？"

问："如何是涅槃？"

师曰："谁将生死与汝？"

石头教看个"谁"，参学人却要经受得住，透得"谁"字话，始解做活计。

石头接机的开示，甚为简到，有《参同契》与《草庵歌》两部著作，而《参同契》对指示禅法更为重要。"参同"二字，原出于道家，其所谓"参"是指万殊诸法各守其位，互不相犯。其所谓"同"，意示诸法虽万殊而统于一元，以见个别之非孤立地存在。并阐明一心与诸法间的本末显隐交互流注的关系，以见从个别的事上显现出全体理的联系。他所创倡的"回互"，于日用行事上着着证验，灵照不昧，是谓之"契"。

他把这种思想导入禅观，加以发挥，丰富了禅法的内容，遂开辟了他这一系的宗风。其禅法运用高妙，圆转无碍，即事而真，如环无端。和希迁同时异派的禅家马祖道一，对于希迁的禅风，常有"石头路滑"之说，很足以道出它的特征。

寒山禅钟广大无边的声音，就如一艘运输禅法的大船，过去运到日本现在再运回来，在中外文化交流的过程中，兼容并蓄把优秀的东西汇集在一起，也是一座交流的桥梁。

"金山的腿子，高旻的香，天宁的包子盖三江"，禅的魅力是非常丰富的。现代佛教需要传统和现代集合，而又不失本真的禅法。民国高僧大休法师是一位奇僧，他做到了生死自在，了脱人生的潇洒境界。

他说：

是自大名大之大也，抑无休可休之休乎。

无大无小无罣碍，自休自了自安埋。

对于国内外的禅学界，希迁的禅思想的影响是相当大的。禅宗五家中，沩仰一家早绝，其余四家除临济外，曹洞、云门和法眼三家，在传承上都渊源于希迁。

径山茶宴和寒山钟声是走向世界的另外一种禅，直接影响到了人们的生活，不再仅拘泥于出家人，在家人同样可以体验这种禅的生活和乐趣。把禅推进到世俗生活中，径山茶其形制与内涵皆源自唐宋径山禅寺禅茶文化的积淀，特别是宋代径山禅寺以丛林清规为基础的禅院茶礼，使茶成为了体证禅法、接待云水的助缘，并以修行赋予了茶"三千威仪"的摄受力，以云水往来使径山茶礼传播至日本，成为了学界及日本茶界公认的日本茶道的源头。

寒山寺的家风是什么

时常去寒山寺参学，有时候也有人问寒山的家风是什么。

一日黄昏茶歇，大和尚邀我去礼塔，从解脱门过去穿过长长的碑林廊间，站在放生池前。眼底是池水清碧，鱼龟可见；抬头是雄伟挺拔的普明宝塔，傲然矗立在江南的青砖小瓦间，古塔大唐气韵浑然天成，一切都是恰到好处！

在塔前，和尚深情地说："这座宝塔是我师父一笔一笔写出来的。造塔的时候，庙里没有钱，赵朴老问他老人家，你有钱造塔吗？师父说有的。都是他一笔一笔的心力。"

寒山寺给人带来的含而不露的体验，无论是花草树木塔影长廊，还是钟楼庭阁曲廊碑林，都是十分地古朴，值得细细品味和赏读。

在朝北的塔座上有一碑刻是传印长老写的寒山问拾得这个偈子，字体老辣凌厉，禅气厚重。白字刻在黑石板上更显古朴典雅，有说不出的味道。

寒山问拾得机锋相交，一问一答似轻描淡写，又犹如电光石火，说尽人间的烦恼和人生种种之苦。

所谓人间冷暖世事沧桑，都是梦幻泡影。然人在其中，常不知所措。

拾得一句话只需忍、让、避、耐、敬，其实就是做人之道。轻描淡写地就化解了烦恼，品味无穷。

《古尊宿语录》中寒山问曰："世间有人谤我、欺我、辱我、笑我、轻我、贱我、恶我、骗我，该如何处之乎？"

拾得答曰："只需忍他、让他、由他、避他、耐他、敬他、不要理他，再待几年，你且看他。"

想想生活中的事情不都是如此吗？这首偈子开化了无数人的心结，对于中国传统文化的学习者来说，是一个非常经典的人生开示。

前几天北京一朋友去寒山求墨宝，刚走到庭院，有四个人抬着两捆纸卷出来，和尚和戈春男老师也迎面而来。

正纳闷，戈老师说晒经！

等大家把经文展开，灰蒙蒙的天气慢慢就晴了，好家伙！一百多米长！铺在地板上真的让人惊叹！

一位来访的明旸法师说："太了不起了，要花多少时间啊！"戈老师拿出手机一边走一边拍，一边拍一边赞叹，这个就是修行的力量！

我想这个就是寒山的家风吧！

所以寒山说：人问寒山道，寒山路不通！

有多少人能做到这样呢？

每个夜晚都需要一盏灯。

行走江湖，更多是要明灯。

每个人都无法释放锁在潜意识下的东西。心之灯是呈现出那个早已被遗忘的潜意识，禅的觉醒如一道光照进人心，给人轻松和清明。

禅者从心性上去分享如何处理这种境界的方法，让禅进入将执念取而代之，瓦解那个固执的自我。

人的一个动念就是一个世界，一个无私的动念也许会成就许多人。在那里是让自己懂得透视心里隐藏的念头，真实地了解并和他们合一。这就是一个禅的智慧。

礼敬阿弥陀佛，应当向落日处

一天，我和友人张鹏参访秋爽大和尚行茶毕，穿过长廊去草堂散步，寺庙里花草寂然，石头浅声。几天来梅雨狂泻，突然间天空的阴霾一扫而去，虽夕阳西下但显得透亮，钟塔上面的塔顶金光闪闪，让人心底生起祥和之气。大和尚指着钟塔和寺塔尖说，去年两边刚刚贴了金，在青瓦的映衬下更显金光闪闪。

正好同行师兄说路人在拍我们的身影，因为大和尚穿着僧衣，在夕阳下特别有禅味。听他们这样一说，随口就对大和尚说了一句：佛说一袭袈裟就可以成就一方法界真实不虚，这样的地方禅风道影和塔上的光芒相映生辉，让人想到佛的无量光，真的是妙不可言！

大和尚说：还有无量寿，阿弥陀佛！佛法慧光无边，福德无量。

佛法智慧无量，深不可测！

身触其光心知法缘，边走边行心底升起无上法喜，和眼前的妙境融合，只是随口一句问答就如打开了甘露之门，瞬间能体会到阿弥陀佛的法界中散发的甘露，享用到如此无上的法味！佛法是多么地神奇！

到了草堂的园子里，师父说刚建有一小屋，走到近前窗明几净，进去推窗见佛光，夕阳西下洒在和尚黄色的僧衣上，平增多少法喜，无量光无所不在，心下油然升起无限感恩之情。如果没有三宝的加持，这一切依然存在，就无法拥有这种无量光的感觉，片刻之间可发无量光，于三千大千世界，不断相续。即使只有一颗佛法的种子种下，也会于三千法界发出无量光芒。

秋爽法师一心发展佛教文化，大力支持佛教僧才的培养，有缘收藏《贝叶经》并请来尊者翻译《贝叶经》，如此发大心，寒山禅光一定会重现江湖！

行必果！行者必有道果！

晚上我对如此妙境去查了一下，得知：

佛说法前放光无量光，是慧光常照。阿弥陀佛即无量佛，一切经赞叹阿弥陀佛，等于赞叹一切佛，观阿弥陀佛即是观一切佛。

无量光的遍满：光明象征快乐幸福和自由，佛的智慧圆满无所不知，犹如佛的光明横遍十方。佛说法前慧光的遍照放光无量。阿弥陀佛的无量光明，含摄福德庄严的一切自在安乐。

无量光的归藏：阿弥陀佛的无量光明好比落日，日落不是光明没有了，而是一切光明归藏，明日的太阳东升即依此为本而显现。佛法以寂灭为本性，于空寂无生中起无边化用。落日也是这样，是光明藏，是一切光明究极所依。

《观无量寿佛经》所提出的十六种观法，第一观是落日观，从此逐次观水观地观园林房屋，观阿弥陀佛观音势至等。阿弥陀佛依正庄严即依此显现。

《大阿弥陀经》说：礼敬阿弥陀佛，应当"向落日处"。

随顺清净离欲寂灭真实之义，随顺三宝力无所谓不共之法，随顺通慧菩萨声闻所行之道。无有三涂苦难之名，但有自然快乐之音，是故其国，名曰极乐。

大休示现：自修自了自安埋

昨天参访寒山寺和大和尚聊天，现在的寒山寺僧人除了日常功课参禅坐香人人都要练字作画，这种回归佛门本来教育的行为让人赞叹。话题聊到出家人应该以生死解脱为大事，一些祖师用功办道并能践行成就的道德风范，还有寒山文化精神是一种大隐文化，寒山拾得在天台成就因丰干饶舌而离开国清寺。民国时期寒山寺有一奇僧大休和尚预知时至并自了了之，这位奇僧琴棋书画样样精通，而且都到了很高的境界。回来查了一下资料有不少很有意思。

宣化上人在讲解《大佛顶如来密因修证了义诸菩萨万行首楞严经》时曾提到："在苏州灵岩山，我遇着一个真正放下的和尚。这个和尚是参禅的，一天到晚参禅打坐。他的名字叫什么呢？叫大休。

他自己修行，自己了道，自己把身后的事情都预备好了，也不麻烦人，这多简单！你看，这个人多解脱！他给自己造了一个坐着的石棺，这叫坐罐；一般人死了，是躺到棺材里头。他自己在苏州灵岩山后面的天平山石壁上凿一个洞，这洞正好能坐下一个人，他又用石头造了一个门，可以开关。他在门的旁边，造了一副对联：无大无小无内外，自休自了自安排。他把这个罐做好了，他自己就坐进那石壁里，结跏趺坐，把石门关上，自己就在那儿入定涅槃了，就了了。自己安排自己的事情，真是不可思议。"

这位和尚是大休和尚，曾做过苏州寒山寺和包山寺的住持，根据传说记载，大休能够准确预料自己的生死，驻锡无隐庵后，他马上请来石匠与泥瓦匠，把昭三生圹改建成自己的墓冢。这些工匠中，大休最赏识一个名叫胡根土的石匠，大休还把自己的袈裟送给了他。胡根土自然很高兴，回家后向邻居们夸耀，但大家都不信大休会这么抬举一个小石匠。胡根土为此颇为沮丧，要把袈裟还给大休，大休却摆手道："我把你当作我的徒弟，所以将袈裟赠你。"胡根土又表示怕乡里人笑话，大休于是让他买来香烛，举行拜师仪式，以释乡人之疑。拜师仪式后，大休又对胡根土说："我不久就要坐化了，袈裟你要好好保存，见它就等于见到我了。"

圆寂前半个月，大休专程到藏书小王山拜访了李根源，请他为自己的墓题写铭文，文曰：止矣休哉！大休和尚前于包山营生圹，特题"大休息处"四字。

大休拜访李根源回来就住在自己墓地前的茅棚内，继续写字作画分给知交好友。诸事料理完毕后，大休在墓地石龛内盘腿而坐，不饮不食如同入定一般。

胡根土刚入佛门不懂这个来头，就去请师父吃点东西，大休起先不应声，后来让他去买些酒和花生来。胡根土搞不明白，就劝师父再买些菜蔬，哪知大休却发怒道："孺子不可教也，不要来打扰我了！"

胡根土只得别过师父，去市上买了四两高粱酒、两包花生。回来后大休又对他说道："我们师徒没多少相聚日子了。晤散无常，如是天定，我不久将大解脱了。"

三天之后，大休上人口念佛号，安详辞世。大休上人的圆寂，一直被传为奇谈，在其他佛教高僧看来，这是修行的至高境界。这段故事，见载于1932年12月17日、18日、19日《大光明》报的连载文章《修到无休好大休》，里面的一些情节类似传奇小说，令人将信将疑。但关于大休料定自己生死，安排自己身后事这一节，他的许多好友、弟子记述均基本相同，可见其未必都出自杜撰。

大休是一位才华横溢的奇僧，他精于书画，诗词歌赋也无一不精。为了将他的众多作品公之于众，弟子周冠九前后花了九个月时间整理，从《大休上人遗著》中我们知道，大休虽然生性爱酒，常以"癫僧"面目示人，但这种"癫"的背后，却是常人难以企及的超脱与彻悟。

他曾劝导世人：人生大患无过于生死，得失其次之。若把得失放轻，烦恼自少，再将生死看破，即为出世高人，到处逍遥，随心自在。

修行只求明心见性，无分出家在家。

是自大名大之大也，

抑无休可休之休乎。

无大无小无罣碍，

自休自了自安埋。

人弃则我取，人取则我弃；

人我两俱空，百事皆如意。

大休是我国近代著名的诗僧，在他圆寂前，曾作诗向一位朋友道别，诗曰：

> 五岳游来不复游，吴头越尾度春秋。
>
> 禅心尽载诗中画，身世如同世上沤。
>
> 生死了明无我碍，兴亡何苦替人愁。
>
> 饥餐温饮功圆满，休到无休一大休。

这是大休对自己一生的总结。

大休喜爱古琴。"我爱一张琴，临行再一抚。老休去千秋，君还归太古。"大休的画代表作《百怪图》在技法上吸取了传统文人画"逸笔草草，不求形似"的精髓，其立意则体现了博大精深的佛学思想，是艺林难得一见的"妙品"。

另有两首《西江月》词，体现了"三教合一"的思想，对于在尘世间终日为名利奔忙的人而言，可谓是一剂良药：

> 万事有成终败，经云四大皆空。人生扰攘在其中，觉后无非一梦。

爱欲无边苦海，乾坤一大牢笼。莫于蜗角逞英雄，好把福田多种。

尧舜皆由人作，人当见德思齐。男儿要为天下奇，只怕决心难起。

莫畏圣贤路远，升天亦有云梯。先从格物至知机，三教原来合一。

真信真的怕

一天参访昆山华藏寺秋风大和尚，用茶片刻。

他说：尔康，今生我必须要解脱。

突然说了一句，觉得有点意外。

我问：大和尚怎么突然说这句话？

他说：我造了那么多庙，来世必生富贵之家，再来一定会难遇佛法。在骄逸的生活中，遇到佛法要升起信心也很难。

他有很强的警觉性，所以他非常精进！

我听了默然，对镜照己！

就想起另外一位出家师父！

有一次去省人民医院送书，碰到一位安庆的出家人在血液科住院，还有一个出家人陪伴。

我问他：你是出家人来这儿看病，你为什么不念佛？

他说：我怕坠地狱。

我说：你怕不怕死？

他说：我不怕死，就怕最后一念下地狱。我知道庙里钱是十方来的，庙里还有工程。

我那时刚刚学佛，有点儿勇猛，也仗着一点麻木。

我对他怒吼：出家人怕什么死？就读《地藏经》拜《地藏忏》！你要树立佛法的信心。

他说：我就怕最后那一刻太疼，生了怨恨下地狱！人家说那一刻很疼。

我望着他的眼神，心中很难过，有时候，千言万语却无话可说！

佛法无边，无缘不度。人有时就卡在那个点上，过了就解脱了！

我后来去人民医院找他，他已经不在了。可能回庙了，也可能往生了。

今天回忆起那位师父，祝他已经解脱，出离轮回！

感恩这位法师现身说法，让我升起警觉之心，感恩地藏菩萨的加持！有了佛法的依靠，让我们学会平静地面对死亡！

经云：但依《地藏本愿经》一事修行者。自然毕竟出离苦海。证涅槃乐。六道众生临命终时，得闻地藏菩萨名。一声历耳根者。是诸众生。永不历三恶道苦。

承斯功德。命终之后，即生人天。受胜妙乐。一切罪障。悉皆消灭。

回向十方一切有缘众生！

寒山闲庭罗汉松

去年组织几次三天的行禅活动，从诚品到西山缥缈峰，途中夜宿寒山寺参访秋爽大和尚，中间安排一个访道天平山下弘戈堂的环节。凡是去了见过戈老师后，大家都说值得。每个人不仅能拿到一张戈老师的拓品，还能在戈老师工作室体会一下古老的碑刻艺术，最后还能听他讲一讲大休法师的故事，这样的人和事都是难遇的。

我认识戈老师前早就听说过他，秋爽法师一直赞叹其人朴实无华无有其二，并嘱咐我有机会请他去泰州讲课，请他为我的工作室做点碑刻。真的也是缘分，也是在大和尚的丈室正好碰上了大拙而雅的戈先生，看上去确是平凡无奇，可了解后发现纯真难得。他的作品处处都是，寒山寺假山和观景石上的字比比皆是，无论是性空老和尚还是秋爽法师的字，或者在钟楼上，普明宝塔上的字，雕刻都出自戈老师之手，估计苏州的其他寺庙也有不少。

戈老师是一位传说中的高人，他专注于雕刻艺术，自称不懂经文并能悟道求真，特别是古碑的拓印。他是世界非物质文化遗产碑刻碑拓传承人，长年的学养让他拥有丰富的知识体系，有广阔的内涵，多年来不忘初心，一直在弘扬传统文化，传承碑刻碑拓技艺，免费给中小学生、社区学校学员传授碑刻碑拓技艺。每个礼拜都安排得满满的。

人生在世，人人都追求卓尔不凡，但不是所有的人都能做到。能够在平凡的生活中甘于重复一件事，并得到广泛的认可，如果还有一份热爱，这是多么幸运！

戈老师也是幸运的，遇到了对寒山庭院独具匠心的当家人，能够在石头上留下很多称世的作品，皆因对一草一木倾注深情的秋爽法师。寒山寺的大诗碑，应该是天下第一诗碑了。在寒山和合精舍的门前，高高地耸立着一座丰碑，是张继誉满天下的《枫桥夜泊》。字浑厚有力，张弛有度。是俞樾书写的，潇洒苍劲！

去年我整修了一下老家的仓库做工作室，秋爽法师帮我题写斋名：农禅雅苑，也是请戈老师刻的。他特地帮我找了一块老木头，现在就挂在老家的院门上。在苏北乡村的街边，也显得一点古气来。戈老师一次发我一首小诗，很有情调。

三颗门牙两边空，

开口闲话多漏风。

两鬓斑白人已老，

斜阳黄昏近梦中。

他是个有情怀的艺术家，在手工制作越来越少的匠人时代，碑拓的艺术在于匠人们对细节的打磨，看着挺简单的技艺，实际操作起来还是需要足够的静心和耐心。

他给孩子们上碑拓课时就用佛涛先生写的"中国梦"三个字，碑刻出于戈老师之手，课堂上大家人手一张拓片，白底红字很有气势。这三个字曾跟随"神舟十号"飞入太空，是他人生的一个自豪。

夏天有一次在吃茶时秋爽法师聊到大休法师，这位法师自修自了自安埋，是一位得道的高僧。怎么发现的呢？就提到了戈老师，在灵岩山下有一个无隐庵，戈老师在无隐庵发现了大休墓，他不但发心恢复了塔陵，还夜梦祥瑞，大休上人示现无边身语告之，有殊胜之事发生，后就迁居到此。说起来神神怪怪的且不管他。一直以来喜欢了解成就者的故事，大休上人很有魅力，就一直想去看看。正好认识了戈老师，约好行脚时和大家一起去参访。

大休上人的墓陵在灵岩山下的天平山，弘戈堂和墓地仅千米之遥。我们一行十几个，先到戈老师的工作室学习，然后戈老师带着大家一起上山礼佛。在大休墓前戈老师才将发现这个地方的因缘讲得明明白白。

一日在河边遇到一洗衣妇用一块石碑洗衣，他把此事告诉了包山的贯彻法师，老和尚就让他把石碑买了下来。他根据碑文就找到了天平山无隐庵的旧址，在此发现了大休墓。自己就发心造墓陵，秋爽法师知道后就随喜共同成就了这个地方。每年的大休法师忌日，秋爽法师会带寒山寺的出家人来拜祭，有众多的古琴爱好者来此以琴供养，自从大家知道大休的信息后，他的传人就会寻迹而来。后人还整理了一本《大休上人遗著》。

大休兼通琴诗书画，尤善画石。当时江南寺院名刹，都以张挂大休的巨幅画作为荣。其驰誉画坛的《百怪图》杰作，所画山石奇诡多致，李根源、张一麟、金松岑、吴湖帆、周梦坡等著名人士鉴赏后，均留有题跋文字。

他喜古琴，是当时浙派著名的大琴家，他在西湖弹琴时两岸都是粉丝，在堤上听他弹琴。民国十二年（1923），大休到寒山寺任住持，题有《衲承诸山重举寒山寺住持·赋此呈梦坡居士教正》诗，云："钟声吹到客中船，张继诗吟海外传。久秘寒岩天籁寂，重瞻初地法螺缘。缚屺莫测疯癫汉，遁迹难寻石壁禅。在昔高僧宏戒律，惭吴道力恐难肩。"

当时的寒山寺久荒不治，香烟稀少，经他不遗余力的募款，寺院修葺一新，取得有屋四十间的好成绩。民国十四年（1925）三月，康有为来寒山寺游玩，见大休正在募修藏经楼，被他的精神深深打动，立即题诗一首："曾踏天台入化城，寒山频到听钟声。大休又饶丰干舌，更建经楼续国清。"

民国十六年（1927），应国民党元老李根源之邀，大休前往太湖包山禅寺做住持。第二年他便完成了轰动画坛的《百怪图》，他的绘画作品由此得到人们的重视和好评，难怪当时江南一带寺院大多挂有他的作品。值得一提的是，作品所钤之印全由他本人刻制。不仅如此，他的诗文也了得，常常与名士交往酬唱。

宣化上人自述：在苏州灵岩山遇着一个真正放下的和尚。这个和尚是参禅的，他自己修行，自己了道，他给自己造了一个坐着的石棺，在灵岩山后面的天平山，石壁上凿一个洞，这洞只能坐下一个人，用石头造了一个门，可以开关。他把这个罐做好了，他自己就坐进那石壁里，结上双跏趺坐，把石门关上，自己就在那儿入定涅槃了，就了了！谁也不用，自休。自了自安排，自己安排自己的事情。他在门的旁边，造了一副对联："无大无小无内外，自休自了自安排。"

印光法师很推崇这位大休禅师。为什么呢？

他自休自了自安排了，无障无碍。说没有大也没有小，没有内也没有外，自己休，自己了，自己安排。他这种境界是不可思议的境界！

戈老师谈到大休法师有如神助，声音抑扬顿挫，在天平山谷引起极大的回声。他说自从建了大休法师和印光大师的墓陵，自己的人生越来越顺！现在把自己的注意力放在教育上去学校讲座，把自己的技艺要传承下去。希望有更多的人来学习这项古老的技术。戈老师发心行愿并迁居到天平山，这样的奇人异士真的是太好了！在天平山下，他就如一棵罗汉松一样安稳自在地守护着天平山！

天平山下罗汉松，

三门殿前自从容。

一纸红心中国梦，

开口一笑飞太空。

你好，世界自然安然

我们总是喜欢讨一个公道，如果道是那么容易讨到，就不是道了。

很多我们看上去，说起来很明了的事情，都已不是事情了，或许那里面隐藏着道。

道就是心。

你的心朝哪儿走，道就在哪里。

没有一个统一的方向，没有对错只要适合自己，没有好坏只要让自己真正地独立，成为一个完整的自己。

当我们在路上，我们就在道中。

唯有你自己看见自己的灵魂，你可以若干次赞扬它，也可以无数次地鄙视它。你最清楚自己的灵魂，属于哪个维度。

可以独自地对话。

在那里，才是属于你的单独的世界，除了天地，没有人想了解你的道。

你融入你的道中，你自然拥有你全然的生命。

一切唯心造！道也是！

你好，世界自然安然！

第四辑

参禅访道

访道高峰山：好茶

每次喝茶，都会想到高峰山上的老和尚，他送了我一包茶叶。

铁瓦寺在宣城的高峰山上，我只去过一次，十多年前有兄弟约我去爬山，在宣城有一高峰山，驴友们喜欢去，我不是驴友。但兄弟说，山上有位八十多岁的出家人，二十多年没有下山了，我倒有点好奇就去了！领队是韩总，资深户外专家，每年都坚持铁人三项、登山、骑行等，我们从南京开车去约两个小时，到达山下稍作准备，就开始上山，韩总带了一桶素油，是个有心人。

一路上说说《山海经》，赏赏景倒是非常地不错，流水清澈明亮，沿途看到几块被流水冲洗的光滑的石头非常好看，就带了回来。我们爬山总共用了四个多小时，到的时候已经是四点多钟，有一位学佛的山民送东西上山坐在松树边休息，看到我们上山很是热情。

到了山顶看到了所谓铁瓦寺，就是三间茅屋，我就在大堂点起心香，拜了三拜，身上有几百元钱都放到一个盒子里了。

韩总把香油送到厨房，喝了点水，那个厨房也是两个简陋的房间，我们就坐在门前聊天准备下山。这时远远走来一位行者，像一阵祥云般来到面前，非常地欢喜。他拉着我的手，让我不要走。大家也很吃惊，觉得挺有意思的，怎么个缘分呢？

师父说：这儿多好！住下来吧！

我说：太好了，真的想住下来。

师父说：到了这儿就是无想天！

我说：师父，这座山就您一人，您在这儿就是神仙，不用修了！

师父笑说：现在也就是刚学，初禅吧一二果位吧！你在这儿，天地就是你的了，还去小地方干啥！

我说：还有俗事，还是改日再来吧！

我们聊得欢，身边的几位兄弟也看着高兴。我怕耽误大家时间，就顶礼老和尚下山。在山顶上，微风飘扬，黄衣飘飘，倒有一番清高的风景！

老和尚看我去意已决，就让我等一下，他一阵风回去，大家在那儿等着，估计有什么法宝送我！过了一会儿，他拿来了一包塑料袋。

他说：这个给你，是我采的野茶。他还抓了一把让我看，叶子粗粗长长，品相粗拙，根根心意盎然！心下默然！

我知道这是什么，接过来就下山了。

那天我们下山没有回头，我知道老和尚一直望着我们下山。回来后常常和朋友喝茶，我经常问茶人这是什么。大家都不知道是什么！有人也会问我，这是什么？我就说这是好茶！

好茶我就放在那儿，每次就只放几片叶子，这么多年过去，朋友说老和尚还在高峰山上，可他们去爬山，他也没有问我，他知道我再也不会去了！

访道普陀山道生长老

参加完昆山华藏寺的水陆法会就去了普陀山。华藏寺当家师父介绍了一位慧本法师，这位师父是普济寺的一位法师，他对普陀山比较熟悉。

上山后我连续跑了几家庙子，烧香的人特别地多。在慧本法师的引导下，见到了道生长老。

道生法师盘腿坐在椅子上，有一个侍者在那儿帮忙给他准备纸张，他根据来人要求书写字。

老法师说：这儿没有菩萨，你们不用拜的。

我觉得有缘见到这样的高僧要恭敬的，就对老和尚行礼，身边的侍者说师父不要人拜的。你们真的客气就对着佛拜吧。在老和尚旁边有一尊佛像。

大家都忙着求字，九十三岁的高龄眼睛还那么好，写字的动作很利索。慧本师父问我想求老和尚写什么，我看了文题单就相中了，虚空有尽，我愿无穷。

老和尚坐在那里不发一言。他的侍者给他铺好字，他看了我一眼，开始写字。房间里非常地静，他运笔写字动作非常快。

写完字，他放下了笔。

虚空是无边无际的，你看马航370飞机没有了，飞到天上啦。找不到了，为什么呀？在虚空里了。到哪儿找呀？虚空是没有尽头的。他顿了顿。

你们拜佛求佛一定要发愿的。你们求佛到了普陀山，普陀山是很灵的。可是这个佛呢，我这儿没有呀！我这儿你们看看，是木头的、铁的、泥塑的，他们都不是真正的佛噢！

你们来拜佛一定要见到佛噢，心要诚呀就能见到。好好找找看，看佛在哪儿呀。普陀山上那尊观音菩萨你们去拜拜看她是不是真的，是不是灵。

老和尚的声音非常清净明朗，听起来如沐春雨，柔软人心。

我明白这是一次很宝贵的开示。

访道灵山无相长老

　　长老过去从未见过，在南京也少有人提及这位隐身在大佛下的无相法师，只知道灵山大佛是普天皆知。世界佛教论坛也在灵山脚下召开，所有盛名的背后应该都有些殷实的基础。特别在精神世界，人们虽说缺少鉴别真理的能力，但还是会真诚地倾听真理。虽说我也信奉真理，但也过了盲从的时代。

　　明海法师说老和尚这两天心情不好，因为茗学老和尚刚刚往生，他哭了一天。中午明海法师安排我们用餐碰到了中国佛学院的一位长老，他的老同学九十七岁了，他也是来参加茗学长老的法会的。老和尚提到茗学长老，真慈大和尚，可惜人都已故去了。私下里，他们在说几个老和尚之间感情很好，彼此赞叹！若要佛法兴，唯有僧赞僧！这般光景在佛教内部还是少见。

上午参加完近一千人的皈依法会。九岁的女儿正式参加了皈依法会，穿上了小海青在法会上信受奉持长跪听法，若在平时早已按捺不住。可见佛法的力量和老和尚的加持力是让众生欢喜的。一场法会三个多小时，九十多岁的老和尚依然能轻松自然，一点也不显累。

中午明海法师安排我们几个人亲近老和尚，请他随缘开示。我们在小会客厅坐下来，老和尚在明海法师的引领下走进来，走下法台的他中等身材，戴一副眼镜，厚厚的镜片掩不住慈祥的眼睛。他手持一根木拐棍，这位历经风霜的老者和颜悦色，看到小女时心生欢喜，特别伸手摸摸孩子的头。这个经历了大是大非的行者，举手投足间柔和淡然心静若水，让人觉得很舒服。

坐下来后，梁师兄就请师父开示，如何修行佛法？密法和显宗哪个好？

师父说佛陀开示过八万四千法门，门门都可以成就。最简单最直接的当然是净土宗的念佛法，一声佛号。十声法，口念、耳念、心念，念念相续，无念而念，直念到一心不乱！

又有一师兄请法，听人说《地藏菩萨本愿经》不能晚上诵读，那什么时间可以读呢？

师父说：《地藏经》上在如来赞叹品第六中，讲道十斋日，每转一遍居家无诸横病，然后他就一口气背下来。如是：

复次普广，若未来世众生。于月一日。八日。十四日。十五日。十八日。二十三日。二十四日。二十八日。二十九日。乃至三十日。是诸日等。诸罪结集。定其轻重。南阎浮提众生。举止动念。无不是业。无不是罪。何况恣情杀害。窃盗。邪淫。妄语。百千罪状。能于是十斋日。对佛菩萨诸贤圣像前。读是经一遍。东西南北。百由旬内。无诸灾难。当此居家。若长若幼。现在未来。百千岁中。永离恶趣。能于十斋日。每转一遍。现世令此居家无诸横病。衣食丰溢。

师兄又问，《地藏经》适合在哪儿读呢？是不是家中不适宜供地藏菩萨像？

师父本来要有一个正常的请法，今天就方便大家。老和尚又说在《地藏菩萨本愿经·地神护法品》中讲得很清楚。

然后，他用欢喜的语调一口气背下来。

世尊。我观未来及现在众生。于所住处。于南方清洁之地。以土石竹木作其龛室。是中能塑画。乃至金银铜铁作地藏形象。烧香供养。瞻礼赞叹。是人居处。即得十种利益。何等为十。一者。土地丰壤。二者。家宅永安。三者。先亡生天。四者。现存益寿。五者。所求遂意。六者。无水火灾。七者。虚耗辟除。八者。杜绝噩梦。九者。出入神护。十者。多遇圣因。世尊。未来世中。及现在众生。若能于所住处方面。作如是供养。得如是利益。

师兄又问，如何修持《地藏菩萨本愿经》这个法门？师父您平时修的什么法呢？

佛告虚空藏菩萨。谛听谛听。吾当为汝，分别说之。若未来世，有善男子善女人，见地藏形象，及闻此经，乃至读诵。香华饮食，衣服珍宝，布施供养，赞叹瞻礼。得二十八种利益。

师父：佛说念《地藏经》可以得到二十八种利益。

一者。天龙护念。二者。善果日增。三者。集圣上因。四者。菩提不退。五者。衣食丰足。六者。疾疫不临。七者。离水火灾。八者。无盗贼厄。九者。人见钦敬。十者。神鬼助持。十一者。女转男身。十二者。为王臣女。十三者。端正相好。十四者。多生天上。十五者。或为帝王。十六者。宿智命通。十七者。有求皆从。十八者。眷属欢乐。十九者。诸横消灭。二十者。业道永除。二十一者。去处尽通。二十二者。夜梦安乐。二十三者。先亡离苦。

二十四者。宿福受生。二十五者。诸圣赞叹。二十六者。聪明利根。二十七者。饶慈愍心。二十八者。毕竟成佛。

师父顿一顿说：地藏菩萨，亦地藏王菩萨。农历七月三十日是地藏菩萨圣诞日。他发愿："地狱不空，誓不成佛！""我不入地狱，谁入地狱！"《地藏经》也是佛门孝经，经常读或抄写可以消除业障，增长智慧。

我平时三点半起床，洗洗收收。四点开始读三部经即《地藏经》《金刚经》《普门品》，然后开始念四千声佛号，每天如此。你们看我这样，其实我是有三种病的人。但是我就这样。过得挺好！

老和尚的随缘开示，直接引用经文，行解大义非常殊胜！

这样的出家人，知行合一，大家全声赞叹！

师兄：您也会背吗？

访道五台山如瑞法师

五台山如瑞法师是一位杰出的比丘尼，如瑞法师和台湾的证严法师一起被评为 2017 年世界最杰出的比丘尼，这是一个知行合一的行者，处处以戒为师，用心办道建了一座世界闻名的比丘尼佛学院普寿寺，她也是当今中国佛教协会的副会长。

如果了解中国的佛教女子教育，在众多佛学院中特别是专门培养比丘尼的佛教学院，一定是五台山上名闻世界的普寿寺了。

1991 年，如瑞、妙音二位法师，秉承老法师的遗愿，发心修建和合道场，以供十方尼众，使有场可聚，有戒可修。当时怀揣着一百零五块钱现金，前往政府指批的一座"古破庙"（"文革"期间已毁坏，成了医院），建造十方尼众共同修学的道场被传为佳话。

因为九华山通慧禅林住持如严法师的因缘，在普寿寺拜见了她的恩师如瑞法师，师父中等身材，法相庄严，举手投足间都体现出禅者之风。温和慈悲的心性在待人接物间自然流露，直指人心的教诲让人肃然起敬。言谈举止间将正见的佛法表达得淋漓尽致！她始终说：做还是要做修行的事情，今天退下来，还是在五台山三步一拜朝了五台山。

如瑞师父很简单地介绍了她的工作理念：以修道为根本，教育为保障，慈善为方便，引导众生觉悟人生、和谐社会、解脱成佛。师父说这个时代需要僧团的力量让大众升起信心，普寿寺现有僧尼八百多众，严格按照佛门规矩过午不食，寺庙也不对外开放，要保证大家的安居学习，还要保持这样一个清净的道场，融合了多少智慧。

我向师父请法：如何转化心念，在世俗中行持戒律和习禅时的破相之间如何转化？

如瑞法师开示：无论哪一种法门的修行离不开戒行，戒规范了人的行为，在思维上慢慢就养成了习惯。禅宗也是要求人的心性打开，前期要有一定观的基础，这些是心上要下功夫。

如瑞法师谈到师父通愿法师满怀深情，师徒感情溢于言表。她说老师衣食极其简朴，常常将别人对她的供养移作佛事经费，善用人生，生活粗茶淡饭，唯三衣一钵。身资日用，仅有几个纸箱，她清苦淡泊，身无长物。学识渊博德高望重，聚集在她身边的人有很多。

大家一起修行，这位杰出的传灯者很快就发现要培育佛法的火种，通愿法师告示弟子：屋宽不如心宽，天灾出自人祸，人祸源自人心。教育才是根本的任务。

如瑞法师后来就按照老师的思路，不着急修大庙，而是先来修修自身的小庙，好好善用人生、把握时间利益众生，成为他人生命的贵人，在五台山造了一座亚洲最大的佛学院。

在飞机上认真学习了师父讲的《吉祥经》，深入浅出旁征博引讲得非常通俗易懂，但又不离佛法，看似简单实则内涵丰富，正法深藏密意显现。有史有实有理有据，一口气读完内心欢喜十分吉祥！佛法真的妙不可言！

她的开示有深有浅有显有密，节奏明快语言简练直击核心，一波接着一波的信息波让弟子如电击雷鸣，法音旋绕受益匪浅。语言的背后透露着极深的内力。

可谓：言语虽少记忆犹新，开示精妙深入人心！

在飞机上看到窗外的白云，读她写的诗："飘去的是云，留下的是天，天还是那样的湛蓝。流来的是水，流去的还是水，一切顺其自然。我要求自己，没有得就没有失的痛苦。我要求自己，奉献、奉献再奉献！"

青山总在白云外。

她说经常和弟子们说：好好善用人生、把握时间利益众生，成为他人生命的贵人。有好的传承人不自作聪明，就无须挂碍世间的东西了。

2017年，如瑞法师和证严法师被评为世界最杰出的比丘尼！一百零五块钱造庙，愿力无边，心想事成，这就是闻名遐迩的普寿寺的源起，通慧禅林现在的住持是建造这座寺庙的见证者，也是如瑞法师的得力助手，是基础建设的负责人。她这样讲述她的师父，她语默动静，无非示教；行住坐卧，尽演圆音。在在处处都洋溢着慈悲救世、度生不倦的情怀。于极平凡处见其精神，看似默默无语，内心却有悲天悯人的如火情肠。

那些看上去简单的人生，不也是陪你一起春夏秋冬！这个世界上能够光彩灿烂的人，哪个不是人中的豪杰呢！

想不明白的人才会不断地折腾吧！

访道光山：文殊乡有司马光的光

　　昨天我们一行到了光山，早上到了文殊乡文殊寺。一转眼就是几年，因为采访的因缘认识《金刚之花》仁义菩萨的徒孙修贤法师到了光山文殊乡。从没听说过一个乡的名字用文殊菩萨的名字来命名。除了说司马光的故地，另外还听说光山县一年考上清华和北大两所大学的有二十多人。

　　著名的官渡之战在这里，由于战争的原因，这里曾经毁了很多古迹。在文殊乡有一个文殊寺，是修贤法师自己一个人一砖一瓦建起来的，第一次采访时，她弄了几个铁皮的棚子，非常地简陋。这些年非常地用功，住宿的地方也弄好了，四周流水环绕，树木茂盛，别有一番气象。这次路过顺道来见一下非常地欢喜，她特地带我在乡里转了一圈。

最近领导人来文殊乡考察过，光山知名度高了，这个新农村气象不一样了，几年之前我和太太来采访时道路非常曲折蜿蜒，现在全是柏油马路很气派。在村里有一间乡村会客厅，和城市的气质没有区别，光山在领导人来加持后倍有荣光，蔚蓝的天和吉祥的云，让人心情舒畅！在这样美丽的农村真的是无法说，哪里有农村的感觉。

我们这个古老的民族数千年来最大的包袱就是面子问题，不但向外驰求物质享受和面子有关，就连所有的伦理、道德和教条之中都混杂了面子的成分：愈是争强好胜，愈是完美主义的人，愈是要面子。我们的脑子受到的训练无法认识简单，就是去认识复杂的东西，并且还想得到解决这些复杂问题的答案。

有时候我们无法认清单纯的事实是什么。如果一个人真的能够简单，不要因为面子去生活，放下心中的烦恼，只进行每一个当下纯粹的观察和聆听，他就能观察到错综复杂的人生。

有的人可以成就一个世界，有的人成就一个平台，还有的人成就一个家。还有的人被平台成就，还有的人误以为自己就是一个世界，自己就是道，谜团里的人无法看见。

这一切都是一个泡影，看见了才能说灭就灭！

西山寻茶遇隐者

西山缥缈峰下洞庭山有一友人老蔡有茶山，他的茶山在水月坞边的江南贡茶院旁，一直邀我前去寻茶。听他说西山有江南贡茶院和水月禅寺，那儿有皎然和陆羽的行茶斗茶的故事，山人喜山爱山也玩山。一日和道友行脚到西山参访，九峰环抱，如莲花盛开，谷底如盆，汇合于此。

在水月禅寺前面，拾级而上有一古碑上立墨佐君坛处，静观其气场，见后面道气冲天气象非凡，知有人在此修炼，并前去参访，见一隐士在此筑坛，整理田地种花栽树。进得茅棚拾级而上，西山隐士见远客来临奉茶三杯，清淳可口，香气怡然，妙不可言。

山人讨教西山隐者，何为道茶？隐者讲，道茶讲阴阳五行说，和禅茶有不同的文化，工序复杂制作讲究，炒作时还需观天象。我欣喜地请西山隐士帮忙制茶以便观摩学习，西山道长应允亲自炒作，他说同样的炒茶工序：杀青、揉捻、搓团显毫、烘干。但炒茶时机不同，道茶需观天象而持火候，对晒炒时辰很有考究。

和隐者谈得默契，他带领我们去缥缈峰游玩，上山时看到一幢古老的建筑，他说是江南贡茶院的遗迹，前面有陆羽雕塑，走廊壁上有他的诗词。沿着小溪边有一石壁上书墨佐君坛，隐者说：此地为墨佐君建坛之地，此坛建于汉代。据《洞庭实录》等志书记载：东汉延平元年羽士墨佐君在缥缈峰西北麓筑坛求仙，坛上有池广约半亩，池下水分南北，百步外有地名"吃摘"，出茶最佳，古谚曰："墨君坛畔水，吃摘小青茶。"

西山隐者说："真正的小青茶，这儿才有。根茎比一般茶树粗大，叶色黛绿，叶片肥厚，叶张也较大。小叶碧螺春清鲜清脆，有柔嫩水感。但此茶口感锐涩，内劲坚韧，有份道气，回甘沁若游丝，练功夫的人能体会到，要细品。"

山人问隐者因何而来，做得如此好茶，莫非为茶而来。隐者说：在市井多年，转苦为乐救人不计。一日顿悟，修道悟禅。欲将心中宝物传与他人，在闹市之中识者甚少，然病体之人越来越多，道非道，借道修玄，故想选一地，由道感召，遇缘人而教。越是简单，世人越不信。可大道至简，强身健体无须药物，将道家龙门功夫传承下去。后观天象，便参访到此三年有余。

山人和隐士登山采茶，边走边聊，隐者讲炒制的特点：手不离茶，茶不离锅，揉中带炒，炒中有揉，炒揉结合，连续操作，起锅即成。这个茶是有功夫的，也叫功夫茶。炒茶时会发出异常的香气，本地人称"吓煞人香"。相传，明朝期间，宰相王鏊是东山陆巷人，"碧螺春"名称系他所题。

边走边聊才知此地风物典故特别地多，在缥缈峰山腰见到吕洞宾和陈抟下棋的地方，想起樵夫陈浮德作诗：遇仙一日闲，世过百年天。觉得这缥缈峰的风景，一转眼一天就没有了。

世人难得一日闲啊！当下赋诗一首。

游西山缥缈峰

清风白云水月中，无碍双泉穿翠宫。

游人怎知陆仙意，茶农才能懂其用。

遥看群峰静若空，唯有老翁穿树丛。

陈抟棋对吕洞宾，一日闲过百年天。

告别隐者，当下归去！

一担挑

前天来了朋友去寒山寺参访大和尚，喝了几杯茶。有个朋友谈起心来，说如何识人的心。

秋爽法师聊了一段公案，大家听了开怀大笑。但很有意思！

道友说：你们出家人，肯定都是看破红尘的人，已经是心无所碍了，还要管理干什么呢？

法师说：佛法讲自治其心，自修自得。但是一个僧团的管理也是需要戒行的约定，我们佛门有一肩挑的公案。

法师继续说：有位老和尚观察一位小和尚三年了，小和尚处处如理如法，一一分明，从不拿庙里一分钱，不动一草一木，一沙一石。

老和尚看到小和尚如此如法，很开心，决定出门云游参访。

一年后，老和尚回到庙里，发现庙里空空荡荡，小和尚神隐不见！

村人告诉老和尚：师父啊，小和尚在你下山后，把庙里的东西，值钱的能拿的都拿走了，放在两个箩筐里，挑走了。

老和尚无语！

人性无法考验，人心难以预料！

这就是禅，当一个笑话！

怎么没有了江湖

有人问：现在怎么没有了江湖？

他问：你知道什么是江湖？

一友说：江湖是指江苏、江西、湖南、湖北，过去行禅问道时一般去这几个地方，四处参访请人指点。是指地名。

他又问：那现在为什么没有人问道呢？

那人说：道现在不要问了，谁还扯那么远！人人都知道，钱就是道。道就是钱！

他又问：我说的不是这个江湖，我说的那个义气。

友又说：现在哪里还需要义气，现在的江湖就是给钱，有流量就好了。

他又说：江湖就是义气！

那人说：谁和你讲义气！

我听了他们的对话，觉得很江湖。坐了很久，真的无语！

江湖就这样没有了味道！

第五辑

他是一座安稳的山

谢冕：我欠剑桥大学一位教授一杯咖啡

谢冕先生是"二十世纪文学"理念的支持者和实践者。1989年起他在北京大学中文系首创"批评家周末"，以学术沙龙的形式定期研讨中国文学和文化的重大或热点问题。他说一生只做老师，一生从事文学，文学里的诗歌。人们这样评价谢冕先生：一生傲气，惊世才华。

因为青松先生的因缘，才认识了诗坛泰斗谢冕先生。三年前青松兄将愚拙作呈送谢先生指点，先生阅后非常慈悲，在疫情期间给晚辈写序。末尾写了一句：佛佑中华。他说因为看了《金刚之花》对我有点了解，然后再读我的诗。他觉得有点喜欢，其实是勉励后生。我收到序言，内心十分感动，便借中秋节请青松兄领路前去北京拜访先生！

青松住在大兴区林肯公园，到谢先生住处昌平北七家需要从南到北穿过北京城。我们大概九点出发，同行的有青松、印严、子寒和董巍四位老师。快到十二点了，在海德堡花园的一个别墅小区，见到先生站在院子里，小院里的鹤发童颜使人老远便能够感受到他的力量。

一行人进入先生家，从阳台到客厅靠墙的地方全是书，爱书的人看到非常地欢喜。和文化人交往，家中的奢侈品莫过于堆积如山的书了，读书藏书这是所有文化人的习惯。人如果不看书，想象不到会是什么样子。

在这个时代很少有人认真看书了，打游戏买所欲成为大多数人的习惯，读书能丰富人的思想内涵，提升人的精神生活，但不能给人即时外在的显化。谢先生的书占了居所大部分的空间。人生总是匆匆忙忙的，也许能够带走的就是内在丰富的世界。

谢先生有一篇文章《读书人是幸福的》写道：人一旦与书本结缘，人多半因而向往崇高，追求美好。对暴力的厌恶和对弱者的同情，使人心灵纯净而富正义感，人往往变得情趣高雅而力避凡俗。或博爱，或温情，或抗争，大抵总引导人从幼年到成人，一步一步向着人间的美好境界前行。

先生热情地招呼我们在客厅坐下，然后一一询问我们的名字、职业和来处。这时候师母陈老师从楼上走下来，她显得非常地清瘦，人非常地可爱。先生也招呼她坐到他身边参加谈话，但陈老师却坚持要给大家端茶倒水，忙个不停。她有些瘦弱，一问才知刚动过手术，我赶紧请师母坐到先生旁边，教她养生甩手功！

我们这个年代的人是读新诗和朦胧诗长大的，而谢先生正是新诗的主要推动者。他成就了很多著名的诗人。我们能看到的《中国新诗》选集一套丛书就是先生主编的，推出了一批有实力的名诗人。许多人都是一夜成名。自1981年起先生接受指导国内外的高级进修生和高级访问学者的任务，先后达一百多人。

谢冕先生自二十世纪五十年代开始中国新诗史和新诗理论的研究，先后主持了《二十世纪中国文学丛书》（10卷）、《百年中国文学总系》（12卷），并主编了《中国百年文学经典文库》（10卷）、《百年中国文学经典》（8卷）等。

1980年，《光明日报》发表谢冕的论文《在新的崛起面前》，引发了关于新诗的广泛讨论，对推动中国新诗的发展，有着里程碑式的意义。说先生是八十年代以来新诗的奠基者和守护者，是名副其实的。1980年他筹办并主持了全国唯一的诗歌理论刊物《诗探索》，谢冕担任该刊主编至今。

谢冕先生的理论批评建立在深厚的人文关怀基础之上，他坚持社会历史批评的视点，倡导建设性的理论批评立场。

这次拜访中，流布甚广的《在北大听讲座》出版人子寒先生问谢先生：谢老师，您现在思考什么问题呢？

谢老师停了一下，他说：我最近也在考虑一些问题，到了这个年龄，总是回忆过去。我这一代人是从苦难中走过来的，就我个人而言，我的一生可以说苦多乐少，痛苦多于欢乐。个人命运总是和时代紧密相连，回望个人的经历，我也在思考我们当下的世界。虽然现在总体上还可以，但我感觉世界也在暗流涌动，人类到底要走向哪里，我们还不敢太乐观。尤其是近几年国际局势的变化，包括目前还在大流行的疫情，到底给人类带来什么，还不好说。各国之间的交流信任减少了，对立冲突多了起来，这是一个危险的信号，让人忧心。

先生用非常凝重、严肃的口吻说：如果问我现在在关心什么，思考什么，那就是"世界和平，人类友爱"。我一生只做了文学这一件事，而且主要是诗歌，尤其是新诗这件事。对文学和诗歌，要讲的差不多都讲了，讲不出什么新东西了。文学根植于人性深处，和人的命运紧密相连。现在，我最关心的还是人类的命运。我希望人们能吸取历史教训，不要走回头路。不久前有人请我为他的诗集写序，写完后我总觉得还有什么话想说，又重新提笔加上了一句：希望"世界和平，人类友爱"。这个话很老套，毫无新意，但我是非常认真、虔诚地写下的，融入了我对生命新的思考，新的感悟，也最能表达我此时此刻的心境……

我真的想世界和平。现在的生活很美好。最近也在想，有哪些遗憾的事情？有一年去英国剑桥大学交流，演讲结束在大厅外面休息。有位教授走过来和我聊了两句，他说我请您喝杯咖啡。我说好啊，我们去喝了一杯咖啡。但是，我欠他一杯咖啡。

先生继续说：那个年代我们对外的交流很少，生活也很苦。因为囊中羞涩没有请那位教授喝一杯咖啡，我很遗憾。那个时代和外面交往是不对等的。因为那时贫穷，我平生几十年，只做一件事就是诗歌。是现代诗歌评论，诗歌给了我很多。所以我要写一篇文章，题目就是：《我欠剑桥大学的一位不知名的教授一杯咖啡》。

辞别先生后，萦绕在我们耳边的是先生说的"世界和平，人类友爱"。凡有道之人，在某个领域到了高峰都有博大的胸襟，上次先生在惠予我的序文中写到的正是疫情严重之时先生的心境：佛佑中华。

　　朴实无华，大爱无疆。经先生之口，这句老话既实在又纯真，先生动情之时眼泪盈眶，此情此景在我心里既深邃又充满新意……

吴思敬：他是一座安稳的山

我和吴思敬老师约了五年，一直迟迟未见。这次终于到了吴老师的家，在首都师范大学的公寓楼里，年逾八十的先生精神非常地好，更妙的是吴师母的嗓音清脆而又特别，像小孩子的声音，她给宁静的书斋配上了清亮的声音。

一进他家门就上了书山，很高很高的山，一个人若要一本一本地看完需要多少时间和不小的心力，一旦入了知识的海洋，人就有无上的喜悦。

他整个屋子放的全是书，从客厅到房间，书被一层层一圈圈地整齐地放着，吴老师见我时仿佛从书海中走出来，他带着一份道气，儒者的从容和仁慈，他安排我坐下，我很自然地就坐在沙发上，沙发只有一个可坐的空间。位置两边都是书，我特别喜欢这样的磁场。

有一次江苏文艺社的总编汪修荣先生和我说，他最大的快乐，是在家任何地方都可以随手拿到一本书。

做书人最大的快乐，坐下来随便哪个方向，都可以随便取一本书翻一翻，这种感觉是很幸福的，如果有一杯茶跷一跷二郎腿，多好！这个情境让我印象特别深刻。

吴老师把看过的书整整齐齐地摆放在那里，像纸砖一块一块构建成一座城堡。他是那个城堡的主人。谢冕老先生说过在诗坛他是一位老好人。他是一位智者，也是一座高不可攀的山，但他的谦卑又如静水流深。

尽管生活还是很难，但有这样的精神导师存在，也是我们的福音。吴老师是学界公认的新诗摆渡者。不遗余力发现和培养青年诗人、关注新的诗歌现象并加以推动。得到老先生的垂青和点化，一直深怀感激他读懂了我的诗，并给予创作上的认可，这对我帮助很大。他是一股清流，他始终带着微笑的光芒，让我去欣然写作。

先生的耳朵不好，我的普通话更不好，还好我太太语言表达得好，比我口齿清楚。经她翻译我们的交流总算顺当。他对于我的诗歌的特质认同，帮助我指点我，为诗集写序。在心底深深埋藏的深情，一时还无法回报。

看过吴老师写的菜厂胡同7号，充满着无限的深情和妙不可言的智慧。他是一位知行合一的行者，单纯的灵魂和博大的胸襟，他帮助过很多人。二十世纪七十年代末，吴老师菜厂胡同7号的"陋室"，一直是诗人和诗评家们常常光顾的地方，在昏暗的灯光、一间小平房、两张小板凳的环境下，谈诗歌，谈创作。他是诗人的朋友，为新诗不懈地奔走发声，推动了朦胧诗和新诗的发展。他用更多的行动去阐发中国新诗的现代品格。

先生和我聊完工作的事，又打电话安排好对接的人。我望着眼前的仁者，对他深深地一拜，感恩他为诗歌和我所做的一切，中国文化的法脉传承是这些不懈努力的践行者，发心行愿一代代地传承下来的。老师关照师母去点了菜，请我们吃了一桌地道的北京餐。

他用慈和的心境接待了我，我在他的世界里短暂地活在诗的片刻，从饭店出来时，外面下了一场雨，一位熟悉他的人给了我们雨伞。这个片刻雨水和雨伞的对应更是一场洗礼，为我从尘世中来的

人洗尘接风，在诗国和长者的心一样，洗去心头的灰尘，风调雨顺

这是个多吉祥的祝福！

一切都好！

世界安然独坐！

吉文辉：我想拥有自己的图书馆

世上的高人不都在深山，有的人即使在闹市中，你也无缘相会。

认识吉老师是一次缘分，十年前在随缘大厦的一个工作室和他偶遇，那天他给大家讲了一节课，也只讲了一个字。

吉老师对于汉语的声音和咒语的联系，以及他提出的汉字美学，一下子提升了我对中国传统文化的认识，对于汉字的重新认识仿佛醍醐灌顶，一下子开了窍似的。

吉老师讲"中"这个字，大概讲了一个小时。中华、中国、中央、中医、中庸之道等等，他讲"ong"是一个咒语的声音，一般咒语的开头都会用"嗡"。

这一节课让我对汉语有了一个全新的认识。吉老师是一个大学问家！

离开南京后常常念他一直想去亲近学习。这两年有点时间四处参学访道，就提前写信给吉老安排了参学的行程，经他应允后就约好了时间前去他的书舍。

吉老师有一个山居小舍，在三牌楼大街洪庙附近。我们相约好见面的时间，他说你来我到桥上去接你。我说好。

第二天我提前半小时赶到，我怎么能让一位年近八旬的长者等我接我呢？我早早赶到他住的地方，他说不是约好时间吗，你来那么早，那你等我一下。过了片刻他还是从屋子里走到大门外，来接我们。

走进他的天地，一套三室一厅的房子装满了书。一眼望去你看到的全是书，犹如到了书山，这些书他都分门别类地放好了。他说一辈子就喜欢书，中外古今，儒释道、周易、中医学、古诗词、汉字等他都下了功夫，搞通了。

听他讲课就是人生的享受，引经据典出口成章，诸多公案旁征博引信手拈来，既通俗易懂又风趣幽默！可想而知他这辈子读了多少书，花了多少时间。做学问的人是一辈子以学问为生的。

他直接地说你们来学习，要带着问题来问啊，讲得我们都很惭愧。我们习惯了听听而已，此次笔记本也未带，以为问几个问题就可以的。

"有朋自远方来，不亦乐乎！"吉老师说，那是因为有朋友来了，可以互相切磋交流学习中的问题，把平时不能解决的问题解决了，这样的感觉太棒了，简直妙不可言！这个才是有朋自远方来，不亦乐乎！

不想不知不觉，吉老给我们讲了三个小时。对于汉字的研究，真的是无法用语言表达，真的甚为惊叹！

吉老师对孔子深有感情，他说儒家文化是积极的，他说："老子曰：我恒有三宝，持而宝之。一曰慈，二曰俭，三曰不敢为天下先！这个品德是孔子一生为人处世的标准。我也在认真地学习。"

吉老师认为汉字是中国传统文化的"细胞"，它包含着极其丰富的传统文化信息。汉字与中华五千年历史相始终，与中国传统文化血肉相连，水乳交融。汉字相对汉语具有一定的独立性，言出音消，字落形存，这是中国传统文化得以数千年绵延不断的重要前提之一。

"天地之大德曰生"，"生生"是中国文化中沟通天人关系的核心，也是人生之价值追求。

听闻几个小时，只能赞叹吉老的学问博大精深，吉老师随之对这四个字进行了解读，并浅谈了文字的意象性。说下次有时间可以深讲，我们一行四人听闻后深感惭愧！平时学习太少了，太浅薄了！

临别吉老师执意送我们到门外，举手投足显现儒者风骨，这样的长者，处处充满人文的魅力，谦和博学有容乃大，如谦谦君子！

他的慈爱及丰富的内在的力量如涓涓细流，缓缓地流入我们的心灵，特别地滋养也非常温暖！

由于这个缘起，经吉老同意我就发心要把他这套文选公开印出来，作为学习的教材，分享给喜欢中国传统文化的学友！吉老说一个人投入极大的专注力于一件事，必定会有一些反应。人一旦开始做事情，就会有很多相续的事情，一件接着一件，不得不面对诸多的麻烦，这个就是磨炼。

一个人若十年坚持做一件事必定有收获。在现实生活中，我们为什么要稀里糊涂地生活，因为人性是最不能深究，明白了就无趣了。看破了生活就没有了激情，世间最好的修行就是活着忍受自己的平庸，一个人没有才华就没有显露的欲望。没有欲望，就不用修了。所谓贡高我慢都是有本事的人。

他就是想拥有一间自己的图书馆。

江南瘦竹姚炎祥

我到苏州时间并不长，对苏州的文化名人了解很少。有缘碰到书画名家沈民义老师，德艺双馨，非常地喜欢。自从行脚和寒山寺有了不解之缘。已故老和尚性空上人是家乡人，现在当家人秋爽法师书法好，非常重视文化也爱惜人才，自己潜心文化艺术的研究，对中国传统文化江南庭院文化有很深的造诣，故常去参学。寒山智者姚老先生是参与和合文化平台的建设者，有几次秋爽法师和我聊到姚院长，都说这位智者是一位非凡的人，心中仰慕这位人称姚头的和合文化的牵头人。

一直未能见面，有一次来寒山寺看到《和合论坛文集》，就问了两句家常，大和尚送我一套，回来就前后拜读了一遍。一天中午去参访大和尚他正好有客人，在和合精舍喝茶。索性就请寂贤法师带我去拜访姚先生，电话联系他正好在运河边的办公室里，就乘兴而去。

见到姚院长时，他坐在河边二楼的办公桌前。窗外就是古运河，天气也好房间敞亮得很。他个儿高人又清瘦，瘦而有神。言语中满溢微笑，是一幅道骨仙风的仙人图，超脱潇洒。聊起天来，特别讲到和合论坛如数家珍，语落银盘。话语中对秋爽法师一心耕耘寒山文化赞叹不绝。

老人家原是苏州科技大学的院长，一位实干家。秋爽法师说想来也是三顾茅庐礼请才来。自从先生来建设寒山文化打造和合论坛以来，和合论坛已连续举办了十四届，和合文化研究取得了重要成果，十四年来共收到2100多篇论文，字数累计近1600万字，正式出版了12本论坛论文集，十三届论文集正在校正出版。论文作者达1500余位，拥有稳定的作者群，取得了良好的社会反响。

姚院长喜欢站着讲话面带微笑神采奕奕，那高瘦的深邃的眼神如青竹一样俊秀，八十多岁的老人，依然保持着清晰的思维，学者灵敏的思考。和另外一位高人戈老师在一起是不一样的风景，同样地纯真，戈老师个子不高如罗汉松一样自在。

我在姚老师办公室坐了一个多小时，虽然是初相识，但是一见如故。

姚老师喜欢《金刚经》，他有一个愿望，就是要把世界各地的寺庙的三宝印印在他手抄的一部《金刚经》上。所以他每到一个地方都会去盖三宝印。目前为止中国的几大名山的寺庙有四百多座基本上盖了。他去过很多地方，行程十三万多公里，到中国台湾、印度、尼泊尔，所到之处必定会去盖章。他为之取名"金刚般若天下行"，这是他的一份念想，也是一份乐趣。人活着总要找个好玩的东西玩一玩。我们聊着这件事，他说你有没有兴趣，这件事以后交给你去做吧。

我听了心下略惊，老人家把这么重要的事情交给我，不能随便弄着玩。答应了就要做到，人不能因为面子随便地答应，做不到就不能随便答应。心里又不忍心拒绝，看得出来老先生也是在观察我的反应，也许直觉上觉得可以信任而已，然后就随口说说。

我非常感恩老先生对我的信任，当下认真地回复他说出我的难处，刚刚写好《金刚之花》耗费很多心血，人的精气神都没有回来，自己还是要休息一下，如果有合适的人就让他们先去做。老先生有微微的失望。

疫情期间老先生闭门修炼，用功写。

自出了一本小册子《宅思心语》，大和尚帮助他做出小书，红纸黑字写的抗疫期间的事情，书法作品主要记录这段过程的节点和要事，内容涉及广泛，表达了老先生的一份家国情怀。本来准备出版发行的，后来由于出版发行的要求改变了，就放了下来。小雪那天去寒山寺闲茶，大和尚拿出姚老师的邮政明信片作品集，打开来看赞不绝口，这本集子是一本公开发行的明信片邮票集，上面书写《战疫墨香·宅思心语》姚炎祥抗疫专集。

这本明信片集的设计将前十三届和合文化论坛的各个主题融入其中，将自己退休后的精神生活在推广并践行和合文化的理念一一呈现，以小见大处处可见用心。人说：返老还童容易得，朝凡入圣路非遥。

姚老师高风亮节返璞归真一直在寒山寺做义工，体现出贤者风范，不失大学者风度。自古文人都以习禅修禅为日常功课，姚先生深入禅门一直为佛门服务，知行合一非常了不起。

十一月二十三小雪那天正好在寒山寺碰到老先生，长者亦如青竹一样挺拔，瘦而不弱，保持着儒雅的风度，语言中饱含纯真的快乐。幸好遇见就请老先生签名纪念！

姑苏寒山和合客，

云水禅心天下行。

香墨祥云化笔端，

清风瘦竹姚炎祥。

访武夷山道友了空法师

当你成为一个心智成熟身心灵平衡的人，你就可以看见生命的意义所在，当你能够成全自己，你就可以利益他人！

昨天我们几个人来武夷山参访道友了空法师，多年之前一别两世。凡俗两界的转化，她曾经是九死一生的善三省居士，现在的了空法师曾经是一个癌症患者，两次复发她从死亡的山谷走到生命的山峰，隐身在武夷山的一个山谷里，积极地倡导弘扬国医精神，口中不离感恩！

她说：对癌症感恩！

她透过生命的死亡去看待人生，一切都是清清楚楚明明白白的，人生不能从生死中解脱，其他的东西再好都品不出来。

上午了空法师请我们去瑞岩禅寺做义诊，遇到一位禅者。聊了一段扣冰禅师的公案，人王法王各自照了。很多智者说，平常心是道！

人越活越觉得没有意思，就觉得还是平庸点才好！这个世界上最深的秘密都隐藏在日常生活中，明白了就是悟了。甘于平庸的生活，正常过的人生才能叫日子！

古诗曰：

云何是了，触事皆晓。

云何是空，触事皆融。

道了末了，谈空非空。

皇皇四达，无往无踪。

既然日日是好日，天天都是好日子。到了这个年纪总是在重复着许多事情，不开心也要去做，开心也要去做。人有时难免有厌离之心。实际上过或者不过都是要顺从自然的安排！

你成为你自己，这是爱的通道，慈悲喜舍从自己出发可以通向世界。让爱流动，你的心可以无限地扩展，直至虚空！

为什么要去成就他人，当我们清楚了然事物的本质，就明白为什么要助缘他人。因为当你有了智慧去成就他人时，你才会在你需要的时候，得到他人的支持。生命是一体的，为什么受益了要去感恩报恩，因为所有的能量因为流动才会更加喜乐和强大！

让爱流动，那是美的世界！花儿都开了，我们更应该心怀喜乐！

了了先生：一位诗歌的隐行者

我觉得写诗就是在学禅，在起心动念处下功夫！诗歌之美是不可言说的一种美，变化无常又直指人心。所有美的东西都可以用心灵感觉到。这也是禅者的本色！

2017年我们在南京九华书院偶遇李青凇先生，他来南京参访并会一位已故高僧的弟子同参，这位道友也是我的朋友。这样，我们一起在山下九华宾馆的书吧相识，慢慢地喝着咖啡，大致有几个来回说了一也说了二，后来就相坐无语。

李先生站起来，碰到了书架上的一本《在远方》，随便翻了翻，居然哈哈大笑，他说："这是你的诗集？有点味道！"

"我可以介绍一些诗界朋友结缘给你，你可进入主流！"

我说："我是修行人，写诗就是表达那个当下的境地。没有想过什么流的。"

李先生笑曰："这个是不一样的，也不是两样的！"

那个寂静的黄昏现在回想起来还是充满诗意的，李先生就这样出现了然后就走了。他在那个黄昏充满童真的微笑和远古的举止至今让我觉得是一首天然的诗！

然而我们生活常常出现的是另外一种诗。在人来人往的站台，我们不小心走在一起，然后又各奔东西。生活在无情的现实面前，呈现出无可奈何的酷意。我坚持这种生活和爱情，就像所有著名的忧伤的歌唱。它美，因为残缺。

但是，它仍然是残缺！

一个诗人的生活，应该是诗意般的生活。对于一个诗人，他的内心应该拥有一个广阔的寂静的世界。他所有的一切，所有的表达都应该是自然的，自在的，无论是什么样的发生，他都应该是安然地表达，他的每一个念头都显现着爱的光芒。他可以照亮那个世界，自然他的灵魂有无量的光芒。

李青淞先生就是这样的诗人，他有广阔的世界，长年累月在丛林中修行。他回到北京后就帮忙策划《在路上》的一些评论和题字。他的人脉非常广，众多的诗坛名家加持了我。他们都未曾认识我，了解过我后就诗论诗，给予我很多福泽！亦是隐行者接引之至！诗人李青凇行者，对于我的三本"在"字系列诗集，也是一首特别的诗，无相而又无名的诗！

我喜欢说诗歌是那个降临。没有征兆地降落，如一条河流的溪流一样自然地流淌，如一朵花的盛开静静舒展开来，如一棵小草的生长缓慢地伸向天空。我十分地安然自在，我就活在那里，那个片刻所有的世界。

只要安住在那个明了自然的中心，内在就不会慌张彷徨，就不会恐惧害怕。一切都如寂静的天空，宽广地在那里。只要静静地呼吸就可以等待自己走向更深的内在。在和李青凇先生的接触中，他的身上就有这样的气息。

无论其禅诗写作，还是书法艺术都有这种天真自然的美，这种美是稀少的也是喜悦的。一切以道相交，他的古朴得到众多诗书行者的认可和赞赏，是他的禅心造就的。在此要感谢这位引导者和禅修者。

西山清风传鸟音，

无碍双泉春自清。

老友相约品香茗，

一半春色已成仙。

王家根：在这个温情的时刻深情祝福

我又在发呆了。

这个下午，阳光穿过窗户的玻璃，柔和地照进来。

临近春节，特别地想起那个人。走过很多的地方，无论城市还是乡村，给我最深刻记忆的，是那里的人与当时的心境。

一位九十岁的老人，离开了这个世界，他一直温情地活着。茶室里挂着他的一幅字：居身处。

去过他住的地方，聊得很好，话却很少。他说：君子相交，来而无往非礼也，客从远方来，请喝佛茶一杯。

因为送了他一本《活在当下的力量》，他回赠了一幅字：大吉祥经。

因为聊到书法诂及书道，后来他送我：居身处。

这幅作品，居字写得像飞马，他说住在九华山上八十八年，一直安静地写字，其实想去远方看看，交流交流。人逢寂静，总有散乱。

斗尺之居，心猿意马！

他住的地方在九华街广场边的小巷子里，大概十平方米。一桌，一椅，一床。有两只箱子，上面全是宣纸。

他说：一个人说话，写字。

九华山上的寺庙过年，他都要帮他们写对联。很多年轻的出家人学习书法，都知道来找王老，王老叫王家根。

从他的巷子出来就是化城寺，众鸟纷飞，我和他在广场边的石凳上聊天。前面就是放生池，是佛子的人间天堂。

他说：写字要静心，但有时心很难静下来。年轻时为学习去帮人家做小工，拜师学艺求人指点。写字就是修行，修行就是修心。这颗心，有时总不会安静。

我默然。

阳光总是特别地好！

我说：阳光好啊！

他说：我每天下午出来坐坐，在地藏菩萨的佛力里，觉得非常幸福。好人就是好自己，坏人也是坏自己。

他是一位慈善的老人，背也驼了，但他的眼睛却是非常地柔和。

在九华山住了半个多月，我们有时不期而遇在那儿见面，闲话。九华山的天气是小孩子的脸，变来变去的。

在粗糙的水泥地上，有些鸟儿飞来飞去。天上的流云，行走不停。

一天顿悟：再会飞的鸟总要回到大地。

有一天又见。

他说：九十岁了，眼睛不好了，字可能也写不了多少了，你要不要写几个字？

我说：爱是无量光，有爱的地方就是天堂。

为什么不做一次画展，我说。他说那个随缘吧！

有幅字我觉得不错，送你吧！

现在书房里挂的那个：观自在！

人生难得一知己，相知何须花与酒，苦茶一杯供佛心。

他说：相处过就知道，花香不在多，室雅何须大！

采访回来后，一直看他的字，一个老者单纯的语言，一个行者实修的感悟。

学佛的人都是讲缘的。

前天打电话给通慧禅林的如严法师问是不是能去看看王老，代我问好，新年吉祥！

如严法师说：王老已走了！走得挺快的！

无意间说：好啊！走得好啊！

人总是要走的，鸟儿也要落地的。

在最好的地方解脱，随喜！

这个下午的阳光温和地照着，心处地：一切处得福，是为最吉祥！

这样的智者，一直隐在九华山上，为百姓服务，无名无相。心静如水，自治其心，因仁义师太的加持与其结缘，让我倍感温暖幸福！

要多少的因缘和合我们才会相遇，一切有为法，如梦幻泡影。

走过了多少风景，见过多少山水。焚香，煮水，清茶一杯！

一切都是最好的安排，那么在这个温暖的时候，我就为你颂歌：

唵、嘛、呢、叭、咪、吽！

唵、嘛、呢、叭、咪、吽！

唵、嘛、呢、叭、咪、吽！

是大神咒，是大明咒，是无上咒，是无等等咒，能除一切苦，真实不虚！

祝福你：远离颠倒梦想，究竟涅槃！

金陵禅针平中奇

进针如插秧，手起穴已入。

面瘫真顽疾，针进随风散。

人间留美名，皆是口碑传。

用针六十年，无名是圣手。

二十年前我认识胡丽棉教授，她已经退休了，她和先生沈教授两人在洪家园开了一个诊所。我从内蒙古出差回来，正好是春天眼睛疼得不行，一阵阵地疼，疼的时候直流泪水。刚开始以为是红眼病，我就去沈教授的中医门诊看一看。

沈教授一看我来脸色一变，很同情地问我道："小伙子，怎么搞的，怎么啦？"我告诉他可能是眼睛上火了！

沈教授说："你等一下，我来叫一下胡老师！"他转头喊："老太婆出来一下。"一会儿胡教授从里屋出来，她看了我一下，把我拖到外面，看看我的眼睛说："是带状疱疹啊，怎么办呢？"

沈教授说你赶紧给他针一下，胡教授说针一下还不行，已经火攻上来了要放血。胡教授走到里屋里找到一根针，把我拖到外面，戳了一下耳尖放了血，挤出来的血都是黑了的血，她说这是热毒，排出来就好了，你到医院治。当时我并不明白，我那个非常严重的带状疱疹病毒她给我放了血，能够帮忙治怎么又不帮我治呢？

因为这件事结缘，我也没有细想很多，就觉得两位老人两位教授开一诊所应该红红火火，经常去串门不知哪儿有点不对。当时的人只相信挂水。对于中医就说慢，大家都不学习。两个教授开一诊所，本来应该是很好的一件事情，但在那个社区就是很少有人来看中医。这真的是一个哭笑不得的事情。

后来才知道有个不人道的规定，针灸师不能随便地帮人治病，在诊所里不能针灸，尽管她是一名有四十年工作经验的老中医师。开诊所行医布道也难，大家都是迷信西医，本身老师已经退休了，想为社会做点好事，但是社会上的人基本上不接受中医。

一晃二十年过去，宽恒法师也教我针法，其中耳穴疗法简单方便有效，我在学习时想起了耳穴治疗的因缘。我便开启了寻师之路，一直找到胡教授的儿子，才有机会跟随她学习。

胡教授治好的人不计其数。她的弟子也是中外都有，我在她身边随诊，她治面瘫特别有心得，一般不超过十次。

她的针法之高，简不可言！我在她身边做助手，看她扎针如插秧，快！准！被扎的人没有痛感！一般的病人三五次就不来了，她有一个神奇的疗愈场，在平常中示现神奇！

很多病人来的时候都不怎么好，几次下来就很有疗效，有一位面瘫患者在外面治了一年多，过了最佳时间，我看她到了第七次脸部就开始动了，那人激动得泪水流了下来。

师父说动手术不需要打麻醉，她三根针就可以做到。

针灸是很神奇的！

她喜欢帮助人，八十六岁了还在国医堂工作，她说：怎么办啊，看到人家这样生病痛苦我也难受。治病就算做好事吧！

我有一天想，师父技艺如此高超为什么没有人知道她的大名呢？原来她就是那种隐藏在平常中的异能的人，不求名利处处与人着想，她去过很多国家，学生也有十几个国家的人。

她又怎么会去在意那个小名呢，她的光已经照亮了很多世界，她才是那个真正的有道的人！我在她身边学习感受到无比地幸福！

世界最美的风景都在心里

从当阳长坂坡到孝感，然后又到了信阳，日行千里。

访道也是访友，为了见一个朋友，他曾有恩情于我，但一直隐藏在心里无以回报。我的父亲在最后的时刻，他一直陪伴我，父亲昏迷的时候他一直和我在一起，直到父亲离开了这个世界他才回家。

艾老师是一位不求回报的人，他默默无闻地行道，我还想起为了父亲，从南京赶来的张教授，检查父亲的伤情后，他说不好意思没有给你带来好消息。

我心中一直惦念着他，那天下着大雨，他撑着雨伞站在雨中等我，相见欢喜。一别许多年在他的简居见到，吃了一顿素餐，喝了一杯茶，本来也可以彻夜长谈，但是又匆匆离开。人世间的所有美好的东西，都无法留住。

人是有属性的，鸟也如此。有一天所有的鸟都离开山丘，肯定还会找到树林停留。鸟飞了，还会落下。人走了，也会重生。我愿意看到，没有考虑过的道路，可能会把我引向何方。一些无法预料的机会对你会产生非常深远的影响，拒绝它们将是一场悲剧，想想那些事情可能发生的地点和方式，它们不能或不会发生的地点和方式。

朋友重逢你也无法改变太多的东西，这个世界无论你如何地优秀，总离不开吃饭睡觉。所以很好的朋友，见面了吃饭了，聊一聊家常也没有什么特别的。

我的内心是欢喜的，改变幸福的可能性，是精神的提升。心无所恃，无所挂碍，是将诸念想一一如实实行。做一个快乐的人，做一个自由的人，做一个能吃能睡的人，需要多大的力量！这位朋友是一个自由的人。

我心如落阳，

余晖洒满墙。

菩萨布道场，

无相传十方。

名人病

参访一些高人，他们一般只谈自己的工作生活，很简单又很舒服。

有时会遇到一些名人，总是不太舒服。不知道是不是我不适应，有些人自以为是装模作样让人很不舒服。人有点本事，当然好。

男人之间很有意思，谈得来的都会说话随便，有时还本性毕露。于是就称为兄弟。经常遇见一些社会名流，有些人自己觉得很有名，到了一个地方，好像身边的人都认识他，躲躲藏藏的，我不喜欢。

三十年前，有一次严顺开老师在苏北大礼堂演出，我去找他签名。严老师看了看我说等一下，后面签名的人太多，要排队。他看了看我后面，就我和一个同学，然后又改了口说，老师演出疲劳了要休息。

当时我就后悔了，年轻的时候总有点见不得装，就说了句不要你签了。本来是来捧场的。

有一次参与拍一部电影，制片人要我对一个导演面试，那个导演姓张，我看了那个样子，搞得很牛。为了工作，我们就在茶室喝茶交流，也算面试。

据他说很有名，和张艺谋合作过是哥们。他导演费开价很高，然后我就说，正好有个朋友在拍电影和张艺谋导演一起在无锡，想请他介绍见一下，他立马说他们不太熟。

这个导演也姓张确实拍过不少电影，但都没有进影院。他说自己很有名，一张画随便几十万，准备送给一张立马谢绝！

后来他开始说自己很谦卑。为了证明这一点，介绍一个小故事。在北京他请一个演员来吃饭，准备聊一点剧本上的事情，结果著名演员后面来了七八个人吃饭，搞得他一肚子意见，对那个演员发了一通火。

这个导演的口才很好，演艺圈和我们正常生活遥远，其他的我就不想说了。

有一位老先生，他也是很著名的书画家，人真的很有学问。和他在一起，会学到很多知识。但是时间长了发现一个问题，在他的世界里好像没有一个人是值得交往的，一起吃饭所有的人就只能听他说，那些野史基本上都不如他，有一次我把他的作品给一位圈内人看，那人说这个字好像还未入门。然后，他拿了一幅老先生批评的人的作品说，你看这个字才是书法。

直接让我看就看不懂了！这位朋友接着好好地夸了他的朋友一顿！

有些名人在某个圈子里有点名气，我们有时也不了解，隔行如隔山。但他常常把自己搞得像政治人物一样，不能让人看到，把自己渲染成一个大人物，就像演戏的一样演得很像。一不小心就好像得罪了他一番。也有名人在领导面前一下子就干干净净不装了，名利这个东西就是一怪物，一碰上好人都整别扭了。

有时候人要真实，有位先生据说在某省很有名，本来朋友介绍的，在一起交流也是看缘分，我也不是书画圈的，结果他拖着我补课，让我看他的作品听他的故事，还有诸多荣誉。搞得我很困，就想休息。但他还说自己很低调。

有些故事不能说，朋友圈都能看到。名人有点个性是正常的，但不能过。相对照的那些大家，我也见到不少，公认的人物好像都很简单。

名人病，要治。

世间万象，笑一笑。

第六辑

活着是一朵幸福的花

满目青山夕照明

——奠曹汶先生

早上刚刚做好核酸，打开手机看到曹维堡老师发来的信息，他的父亲往生西方的消息，让我静默了一会儿，曹汶先生是一位大艺术家，他其实早已预知了死亡的来临。

因为《在路上》朗诵分享会的因缘，在金陵刻经社收到先生的画册，一直想去拜访，总是没有机缘。我和他冥冥之中有些交流，那天我和曹老师说过，爱是无量的光。似乎我和他早有些神交！故打电话给曹老师时他说有心灵感应！

看过老先生的山水，格局和气象都非常大，我想他一定是一个潇洒的人。查阅百度，曹汶先生是南京书画院创建人，是一位成就卓著、广受尊重的山水画家。收到他的礼物，本来也是后生晚辈，所以一直想去探望他请教，遗憾的是未能成行。人与人之间的缘分不可思议。

曹维堡老师发来：

【讣告】：我亲爱的爸爸曹汶先生因突发肺炎，已于4月12日23：50，在安睡中离世，享年97岁。

尊老人遗愿，不设灵堂，不送花圈，不办告别仪式，丧事极简。让我们在云中送别这位追求生命尊严和人身自由的老艺术家吧。

收到曹老师的通知，我更加觉得，先生是非常潇洒的一个人，他很通透了，透过死亡去看生命的悲欢离合会有更多的觉悟，先生经历了跨世纪的人生，清明的觉知和明心见性的生命，是对死亡的觉醒。《满目青山夕照明》这本册子说明他在多年前已经从生命中超脱了。他在考取中央大学艺术系以前，曾在陶行知创办的社会大学文学系就读，为史学家顾颉刚主编的《中国历史名人传记丛书》撰写了三部传记并绘制插图，还担任过爱国民主人士李公朴的秘书。

因此他的阅历丰富，足以放下大千世界！

他之前已经开始少食，并且做准备，只是曹老师无法理解这样的信息。爱有时候是隔着光的火，需要去点亮。死亡是一种训练，人到中年各种死亡在身边，把每一次的死亡转化成学习的功课，你会发现真正的人生是博大的，广阔无垠的。

死亡也是一件值得学习的事情！

死亡是智慧的世界，喜欢寂静的人是不害怕死亡的，这个世界上有很多未知的东西，有很多无法释怀的东西，正如先生画册的名字《满目青山夕照明》，细参自然会妙不可言。这个世界上一定有些奇特的方法，还有一些奇特的人。

这些年遇见了各种死亡，对于死亡的认知也是逐步提高。高品质的死亡不是一种消失，而是一种生命的盛会，遇见生遇到死都是生命的提高。在轮回的世界里，有生生世世转世的根本规律。日常生活中能如实修持，确实是有非常大的利益。

现在，如果有所感知，对于一位百岁的智者，你和他在一起就像去旅行，你陪伴他可以温暖地离开，如同去另外一个地方，一点儿也不会恐惧。还会有另外一种体验。你会有奇特的生命体验，不悲不喜不生不灭。

我和曹老师说你和父亲，你依然可以用安静的方式沟通，这种沟通同样会是一种祝福，在那个当下，你同样可以放下情绪和那个人沟通。一切都是安静的，安静中会感受到临在。

死亡究竟是不是生命的消失？

预知死亡并能让你从中学习的人，都是了不起的人，这样的如圣人般的行者，他的安静和定力一直在虚空中，随时随地降临给你无限的爱，成就你的安定，死亡就是重生，不是消失。

死亡一定要体验，而不是害怕！

落花流水，生命无常，只有当我们的灵魂真正与自然相融合，才能体会到花开花落、来去自如的自在花宴，我们的灵魂才能得到真正的解脱。

回想曹老师上次读的诗《解脱》，似乎这就是一次预见！

无论今生还是来世，都不要轮回，这一世解脱，下一次再见！

满目青山夕照明

百年风云一指间

行道即为怀念

一、一个隐者的生活

一个隐者的生活，应该是诗意般的生活，他隐在都市中，忘记自己一生的繁华和绝技，他的内心应该拥有一个广阔的寂静的世界。

他说一直在等待一个人，他一直在等我出现。在不多的语言沟通中，师父说法无定法，法中有秘，秘中有简，简是大法！至简之法是大法。

他所有的一切，所有的表达都是自然的，自在的，无论是什么样的发生，他都是安然地表达，我们在一起写字时，他的每一个念头都显现着爱的光芒。他可以照亮那个世界，他的灵魂有无量的光芒。

宽恒老师就是这样的人，他有广阔的世界，长年累月在丛林中修行，他闭关近乎二十七年，又回到红尘弘法。他对于我来说是一个降临，他不慌不忙地安住在那个明了自然的中心，一切都如寂静的天空，宽广地在那里，只要静静地呼吸就可以走向更深的内在。有一天，他说："我想告诉你，仁义师太不知道，我有了你这个徒弟！"

无论修行和坐禅，还是他的书法艺术都有这种天真自然的美，这种美是稀少的也是喜悦的，一切以道相交。他的古朴天真是他的禅心造就的。

感谢这位佛门医学的引导者和禅修者。

二、大愿即是大行

宽恒上人往生前，常常和我说他是一位隐士。他把一些事情交代后，说人生是来去自如的，他指指身子这就是个房子，想来就来，想走就走。

老和尚说：要多学多参，访道交友见高人，学习自然会丰富多彩。人生亦是边行边学，边学边思，这样才能悟到道。

在太湖杏林的种子已经到了天涯海角，这几天到当阳参学，访道周天元先生。在他的实验室接触了他的诸多发明，周先生也应用在生活中。

老和尚说的我信，因为他做到了。他把自己的历史搞得清清楚楚，他说人生要真实。我当时和他说，闭门即是深山，我们知道就好，真实的未必是他人喜欢的。

他说这个时代需要人去做事，你要行。大愿就是要大行。

一生修忍辱，最后寂然而去，非常地潇洒。

此身如来衣，来之真不易。

手上小根针，直通生死关。

我亦江湖僧，还留他作甚。

一个人能真正融入生命中，处处圆融何等不易。透过生命的死亡去看待人生，一切都是清清楚楚明明白白的，人生不能从生死中解脱，其他的东西再好都品不出来。

他说发心利益大众，弘扬佛门医学这个是道，我也信，因为我看见了。他一生都在做。

也是因缘成熟，他的心愿全部实现，在一宿往生，在灵岩山火化，入塔为安，这也是多年来亚娟在昆山护持三宝的善缘带来的，他在最后一年收亚娟做关门弟子，冥冥中也是一种安排。

三、一双球鞋，一个心结

父亲在世时，经常和我聊天。其中有一次，他说对哥哥有点看法。他一直都认为哥哥参军后，回来的话肯定会送他一双球鞋，因为他去上学时要光着脚走十几里路。到了冬天又冷又饿，他要光着脚走很远的路上学。他一直梦想哥哥给他一双鞋子。

但是他哥哥我伯伯一直没有送他一双鞋子。每每谈及这个话题，他都有些伤感。我也经常劝他，可能那个年代，伯伯也没办法买一双球鞋给你，他或许没有你想的那样有办法。但，这是一个心结。

一次偶然机会，伯父和我聊天说：小时候我和姐姐一起割猪草，你爸不用干活。因为他是老小。我们两个也很小，搞不动也没有人帮忙。苦啊！

这时，我对伯父说：其实爸爸希望你给他一双鞋子。当兵的鞋子可以省一双给他。

伯父说：干吗那样去显摆，读书就应该吃点苦。

我听了一时无话可说，那个时代的人啊，怎么这样考虑问题！伯父是一个非常实在的人，他讲这句话时一直认为自己是对的。

我本来想告诉他，我爸爸每天光着脚丫去上学，有时脚面上涂一点泥为表示看上去有双鞋子。他每天都在想哥哥会留一双鞋子给他穿，那是一个多大的梦想。

可伯父却让他失望了，原因是不让他显摆！

深深的悲哀！

这个世界上很多的东西，都是一场梦！如果你成为别人的梦想，有多可怕！

抓得很紧的东西，也是一个泡影！愿天国的人永生。

愿活着的人快乐！

愿你我，九九归一，一生平安！

四、相信的力量

人这一辈子有太多的东西值得珍惜，但是有很多东西值得学习。父亲一生非常平常，可是当他死后人生却非常壮观！

死亡也是一件值得学习的事情！我从未知道，死亡是一种恩典，是一件值得庆祝的事，经历过父亲的死亡，我相信父亲已经在天堂永生！

一转眼三年就过去了，父亲离开了我，但他却没有离开我的世界。人生就是这样，说没有就没有的东西，其实他还在，何况是一个人！他是一个朴实纯真的人，老家人都特别赞叹，因为他乐于助人，做了很多好事。

其实都是一些小事，他为左邻右舍买东西，捎东西。老百姓有点困难赊账做担保，他以前在供销合作社工作。即使有人骗他，他还是相信骗他的人是真诚的。他觉得老百姓很难，他有一颗为人解忧的心。

每个人都有自己的父亲，感受也许不会完全一样。但无论你是谁，信仰什么，父亲总是如一座山一样的人，安然不变地在你的身后，默默地为你服务。

父亲也是另一个信仰，可以无条件地支持你成长，接受你的好与坏，接受你的失败和成功。他会告诫你，不忘根本。

父亲在我童年时到泰州工作，那时候他在泰州肉联厂，工作很辛苦。他去泰州要骑自行车，他回来时也骑自行车，很远的路。我妈妈说，自行车还是他组装的。他骑车的样子很帅，他可以做很多高难度动作。我每次看到他从外面回来，潇洒骑车的样子就非常地喜悦，我觉得很酷。

那个时代的人都一样，很勤奋。父亲在泰州肉联厂工作时有人送他一只狗，是一只黑狮狗，他把它带回家，小狗陪伴我度过了整个童年。

那只狗在刚会走路的时候来到我家，它陪伴我长大，那是一只非常有灵性的狗，送我去三里路外的小学上学，然后晚上来接我回家。在十一岁的那年它被人害死，我非常伤心。在老榆树下给它做了一个坟，那是父亲给我的童年最珍贵的礼物。

父亲是一个性格内向的人，他和很多农民不一样，他是英俊潇洒的男人，那时候因为成分不好，他无法当兵和考大学，只能到城里做临时工。他的同学都混得很好，有的在部队提干，有的在家乡当官。在我们村里我们家族是受到别人排挤和压制的。他一辈子都很隐忍，可能就是这段经历让他有了创伤感。所以他对我没有太多的要求和期望。

后来我的整个成长就是想改变家庭的压抑状态，我的青春期很叛逆，但不妨碍我成为另外一种存在，我总是想卓尔不凡，做一个特立独行的人。我从不想掩饰自己的梦想，我想做一个杰出的人。

无论用何种方式，我都会去创造自己的空间。

因为农村的孩子太压抑了。

我的目的非常简单，就是不想让人欺负，不想让人看不起。毫无疑问给父母带来了很多苦恼，在读书的时候就有了调皮的名声，在崇拜英雄主义的时代，无论好和坏总是有用的。父亲有天和我聊天，他告诉我：人外有人，天外有天。要学会谦虚和低调，人生要学会安静。在静中有无限的美妙！

我曾经有过一次经历，二十岁的时候就南下下海。为了理想似乎再也无法回家。那时交通不方便，买一张火车票都很难，车厢里挤满了人。自己觉得去那么远的地方，很难再回来了。

回家和父母告别的时候，父亲隐隐有点感觉，但他还是给予我一份平静。他相信我会回来，哪怕可能真的不会回来了，但他在等我回家，他一直相信我。我们之间很少有争吵，意见不合。他总是听我讲我的故事，我也乐于把外面的一些经历告诉他。奇怪的是他一直相信我是一个优秀的人，他希望我有一天会成功。

直至他走了，他躺在我的怀里，我抱着他，尽管我并没有什么成功，但是那一刻我觉得爱是伟大的奇迹，很奇妙！这一次是我送他远行，去很远的地方，我们在此一别，很温暖。

五、遗憾

月黑风高，四周一片漆黑。

真的不知道。

你不必确定天在哪里，在哪个位置，在意天在何方。

你只要进入那个甚深的世界。

那就是天。

那就是一个说法。

人的命运是天老爷注定的。

我和父亲约好，准备去附近的地方带他玩一玩。如果不是为了写《金刚之花》，我们差不多就没有一起出去旅游过，总是在坎坎坷坷地生活，就从未安静地生活！

这一生虽没有放荡不羁，但也是颠沛流离真的富有戏剧性。人生过得是难以用言语道尽，一个农村的孩子从农村走到城市，要花太多的时间去学习和适应，他不可能有什么前瞻性的经验和可选择的路。也不可能有什么见解，除了勤奋没有什么可以做的，一个有梦想的人不可能简简单单地得到多少机会。

如果不是父亲给我一个相信的力量，我不会有如此坚定的决心去面对自己的理想。他从来不问我，也许他是没有能力但是他一直相信外面的世界值得闯荡。他年轻时候的梦想就是可以开一辆吉普车去新疆旅游，尽管这个愿望现在看起来太容易了。但是他这一生还是没有能实现。

人这一辈子有太多的东西值得珍惜，死亡也是一件值得学习的事情！死亡是一件值得庆祝的事，我相信父亲已经在天堂永生！

怀念是一种体验，愿活着的人更加美好！

在那里有比自己更伟大的东西。你想让一个人成长，就给他不停的磨难。你想让一个人失去斗志，就给他随心所欲的生活。你想让一个人拥有智慧，就让他在忍辱中体悟。一个自信的人，一定要经历过荣辱衰荣。一个自以为是的人，一定百忍成金。

死亡的真实性

如果没有宗教的概念，死亡是什么呢？一个人死了，作为人这个属性，会发现什么呢？

死亡对于世界，为什么就没有改变呢？

死亡有时候是偶然的，喜欢寂静的人是不害怕死亡的。有过濒死经验的人，在死而复生的体验中，都看见自己变成很轻的物质。死亡也是一件值得学习的事情！

对于一些真正厌世的人来说，心如死灰，确实是一个高级的状态。杨振宁先生说，你看这个世界，一切都是美妙的，都是造物主的因缘和合安排的。

有关死亡，人们总是害怕提及，想了很久还是说出来。

前几天，全城人在经历阳康的时候，陆续听到一些认识的人因为疫情去世的消息，心里很难受。人在平常的世界，突然就走了，特别是一些熟悉的人，心里是很难接受的，泪水自然就流下来。

人是奇妙的动物，是最有灵性的生命体。疫情来了后，不需要听说，当身边的人经历了阳康而有的人就走了。

生命真正失去了，心里是很难受的。人不知道死亡，就很难活得更好。出生入死这个古已有之的成语，告诉我们人一出生就是奔着死亡而去，孔子也曾说过：未知生，焉知死。既然死是生来就已注定的事实，与其逃避，不如正视。

珍惜生命，远离疫情这句话是很空洞的，生活慢下来，让自己去学习死亡的课程，看看《西藏生死书》，我们真的应该了解一些重要的知识和信息。

我认识一位禅者，他每天在斗室修行，做了很多了不起的事情。一直保持着生命的觉知，每天只休息几个小时。

一次我们聊天他说：人活那么久干什么？该走的时候就走，现在能做点事情就赶紧做。

禅者从纷繁复杂的事情中跳出来看世界，看生死，了悟生命的真谛！

只争朝夕！

每个生命都是特别的，我们要敢于面对，人无论怎么样，都无法不死！

在灾难中死去的朋友，都是在提醒我们应该更好地活着。

人们为什么总是会害怕谈及死亡，认为这是很不吉利的事情，其实死亡只是一个概念。人们之所以害怕谈及死亡，是害怕那个"我"会失去，然而在宇宙之中这个"我"是不断生灭的，十岁和二十岁的人所经验的东西是不一样的，一个同样的你无论你如何经历，都有你无法经验的东西。世界一直在不断地变化，只是变化的频率是不一样的。

一个经历过生死的人，就容易产生顿悟，对于死亡的看法就会发生全新的变化，一个曾经死过的人对于生命不是害怕，而是珍惜。因为在那个瞬间他看见了死亡，觉醒就发生了，死亡只是一个重生的瞬间，在那里没有死而是寂灭的发生。

那珍惜什么呢？

更多的是觉醒，因为觉醒超越了生死，同时也超越了自我！

所以他会珍惜时间的流动，他会让自己变得更富有价值，会去帮助别人成就自己。这样就会变得非常地快乐！

我们总是在怀疑时光而错过了自己，我们总是怀疑自己又错过了时光。所以珍惜那些和你有缘的人，珍惜那些和你一起的时光！

我们心中应有一座化城

人人心中都有个结，人人心中应有一座城！

很多的人说忍辱负重！时间长了就出现了结。

在化城，疗心最好的药品是打开心结。

接受伤害是成长，一个成年人不一定是成熟的人，人一辈子都在成长。接受人生的每一个片段，爱和恨，情或怨，各种情绪经历。习惯了无常，心灵就会强大。只有当下可以把握，让每一个当下相续才可以不受无常困扰，心是虚空才会无限爱自己。

转化你的能量，是给心一点空间，给自己一个世界。心是虚空，才会无限。同样，你的心放轻松，就会自由了。这个世界上很多东西总是看上去很美，但真相未必是这样。对于修道的人来说，真相是大白。

疗愈需要倾诉和处理，这种隐藏就是心灵的伤口，这个世界上没有完美的事情。和你的灵魂待一会儿，过去了就要找一个方式去处理，让自己快乐过好痛苦的每一天。

我们总会经验一定的自我批评，产生内耗。

此时想一想：一个我在批评另一个我，岂非有两个我同时存在？哪一个才是真的呢？

让自己活在不喜不悲中，让自己的喜乐充满宁静。这样才能真正清明地快乐，接受所有的不愉快。如果你不去扩大自己的心量，强行地忍，那个能量是负面的，会给你造成很大的伤害！

一个心中背负沉重压力的人，一旦疏散了压力他就好了。病也是一种阻碍，打通了就没有了。比如一个人发火肝就着急会发烧，血压会增高，这也是业力所牵，只要疏导一下就好了。

在生命中最宝贵的东西不是你拥有的物质，而是陪伴在你身边的人，能够给予你智慧的教导，又有人性的温暖，他会真正帮助到你。我们不能强迫别人来爱自己，只能努力让自己成为值得爱的人，其余的事情则靠缘。

一个成年人不一定是一个成熟的人。医生可以治你的病，却救不了你的命。唯有提升自我的修养，戒五毒恨怨恼怒烦，将所有负面的能量转化为正面的能量去帮助他人。生活能过得简单不需要太多的修饰是因为有内在的力量。

人有慈心必有磁性，真爱是布施和供养，慈、悲、喜、舍四无量心可以吸引很多能量！顺从是从臣服开始的，一切不幸将会转变。孝是顺的开端，所有的不顺缘于不孝，所有的苦难缘于没有顺应天地之间的规律。

这就是道，在瞬间领会无常的变化。

活着是一朵幸福的花

我们要去看真相，真相必须层层地解开！

对于我们习以为常的常规，我们认为是不可改变的，实际上是一种约束，如同我们习惯地认为他居住的环境和使用的物质。

马斯洛认为最基本的需要满足到维持生存所必需的程度后，才会寻找精神的安定，我们大部分的人在追求物质生活的富足过程中，慢慢地失去了作为人性的快乐。追逐外在的东西将成功的感觉投射在一些参照物上，因此而忽略精神方面的滋养。

不要轻言为谁付出和牺牲！

人生有很多的变故，人一旦失去初心，就不会看见真相，甚至越是面对真相，越是恐惧和愤怒，尽管所有的付出和牺牲都是对的，但是一旦接近真相就会产生巨大的恐惧！

年轻的时候喜欢不停地行走，尽量让自己忙碌着，现在回想才发现那其实是一种恐惧，那样的忙碌缺乏方向只是掩饰自己罢了。一个曾经死过的人对于生命不是害怕，而是珍惜。在那个瞬间他看见了死亡，觉醒就发生了，死亡只是一个重生的瞬间，在那里没有死而是寂灭的发生。

当我借此成长才明白生命的意义，因为成长是一件非常痛苦的事情，成长是更多地面对自己的伤口，要去接纳自己然后才能成长。为自己做好准备，保持一个清醒的意识，仅仅活在当下。

放下过去这是很难的。不断地追究下去，心灵的成长是一场与任何人无关的独自修行，核心的问题找到了，心理环境改变了，改变就会自然地发生。一个顺从自然的人一定是一个能改变自我的人。对于一个平凡的人来说，顺应时代又能保持独立性是很难的。

一个人修行闭门即深山，来去无牵挂，观云听雨静心做事，但是和一群人在一起，一切都会发生变化，每个人身上都有光芒，如果每个光芒都无法合一，就是一场灾难性的集结。这样自然要错过太阳的光芒，那个自然的光芒，那是属于中国人才会明白的一种执着，人人都可以成为龙，照顾好自己是修行。

当那个道是自然发生的，一定是非常美的，那也是很难遇见的刹那！

道会改变格局，也会改变人的气场。人一旦改变，总是害怕那个"我"会失去，然而"我"是不断生灭的，十岁和二十岁的人所经验的东西是不一样的，一个同样的你无论你如何经历，都有你无法经验的东西。世界一直在不断地变化，只是变化的频率不一样。在面对问题时要保持良好的心态。

当我们成长了，看见更多的成长，我们就会忘记源头。对于一个全然的生命来说，那个觉醒是学会放下所有的成见，拥抱自己！

自我教育是一件有意义的事，值得我们全然地坚持。

我们总是想承担责任，可是我们常常承担不了自己的承诺，生命太美妙了，总是发生不同的变化，如果将生命当作一场静心的修行，你看见的终将是一场戏！

一切有为法，如梦幻泡影，如露亦如电，应作如是观！

如果活着是一朵幸福的花

我想说单独是幸福的

但不会有人能够明白

不幸的发生是

用一双手去

关注一双脚

我离这个世界很遥远

身体和心灵都是这样

但不会有人能够明白

就像如何用一只手去

触摸另一只手

同样的一颗心

会产生不同的温度

一双手不停地运作

如同让一只脚去关注另一只脚

永远是距离

何处不是春

疫情期间的情绪难以消解，我就发起了一次小型的转山活动。我和仓颉书院的几个友人，一起约到了西山，平时去得少，不知道西山有那么多的风景。这个地方是碧螺春的核心产区，自古有"东西洞庭山碧螺春"一说。

早晨出发得比较迟，从堂里的水月坞出发，茶山主人亲自送我们，上路后风景特别地美，一边杨柳轻扬，一边菜花花黄，人在山水之间，听到蛙声一片，是自然亲切的声音心安处！多么奢侈。怡人的风景自然的美，在这当下人需要一份安然的觉受。

洞庭无处不飞翠，碧螺春香万里醉。路上正好碰到茶厂里飘出的炒茶的香气，闻到香气真的是非常地美，怪不得本地人叫它佛动心，我们走进工坊，炒茶工介绍碧螺春的四绝之美——形美、色艳、香浓、味醇。

春行垄上翠成屏，

孩童自性笑满天。

鸟语蜂音采茶人，

遍野皆是蛙声鸣。

堂里有一古村落，进入深巷沉稳而厚重。人自然能感觉到安静，有一间陋室主人写了一对联：雨声滴答烧水煮茶，花香清雅铺纸画画。门口还装了一个小铁铃，那个品味就出来了。这个地方的人真的有文化。

疫情来了好像处处有敌人，人过得特别地紧张。孩子不能上学，家长不能出差，在微观的世界大家都知道不要麻烦人，不要给他人带来烦恼。生活要继续，人不能因为疫情而停止所有的生活。

我们行走时，路上也是人群稀少，大半个山看上去就孤寂得很，穿过一个乡村还会有人盘问，你从哪儿来的？大家如临大敌。

如何积极地面对？

我们要积极地面对人和自然的关系，有一个比较合适的空间。我们应该去把它转化出来。这种情况下，人的情绪难免都是负面的，大家在家也会发生争吵，其实没有把它转化出来。疫情让人不得不转向自己不熟悉的方向。

走在乡间小道，觅得一对联：

十里春风柳上狂，三月桃花蜂来忙。

桃花岛主坐水床，山上山下鸟飞翔。

人生处处有风景，何处不是春。

河岸：飞鸟和鱼还有猫的故事

晨起已经习惯了走到河边看着栖息的鸟儿吃食，悠闲的鱼儿会聚在码头边游来游去。这样的风景是非常地亲切，让人的心情非常愉悦。

可是，这几天鸟儿飞到对面的树上，鱼儿沉到了水底。终日不见她们的欢愉。实在让人纳闷！

转身时，有一黄色的猫坐在树脚下。一丝念头忽闪而过倒没有在意。

饭后，本想去看看书，信步走向河边。出门抬头望那只猫正好缓缓从墙角走到前面，眼见她突然飞蹿而行扑向河岸，一只鸟迅速腾空而起，随后水面上的鱼儿惊慌而逃，沉入水中。

原来，真相就是这只猫啊！她惊扰了飞鸟游鱼的世界噢！

猫为了捕鱼候在岸边，吓飞了鸟，鸟的惊叫告诉了鱼，鱼儿就游走了。

猫继续在河边等待着。

少年说

世界深陷不安

明天

是一种可怕的孤独

我不想成为任何人

我喜欢远方

远方是一个自由的向往

世界为什么需要诗人

如果没有思考

我们

又何必甘称为人

鸟问：你还是人吗？

下午在河边又开始发呆了。

一只鸟飞来，和我聊了起来。

她说：突然想到一个问题，你还是人吗？

我当然是人了，可这只鸟问我，竟一时无语，不知如何回答。

诚实地向她合十，请教。

鸟说：你整天烧香，拜佛，诵经，开口闭口都是行善，一口一个佛法，这个生活过得哪有人的样子呢？

我在学佛呀，难道这样有错吗？

鸟说：你见过佛吗？佛陀成道目睹明星，烧香拜佛诵经了吗？

全身冒汗！

鸟说：你这个可笑的追随者！你真的以为，读读经、听听课、念念咒、烧烧香、磕磕头就能成佛吗？

啊，如果不做这些事情，怎么表现是在学佛呢？

鸟说：你们这些戏子啊，你们的样子太可笑了！

你问问自己：你还是人吗？

我摸摸心口！

自知惭愧！

合十。礼拜。

感恩。

鸟张开翅膀，大笑不止，飞走！

明月门下水照影，

清阳之上芊有情。

吾与秋鹭共对坐，

正是源头活水时。

人间烟火，千里人生

人间烟火，百姓生活！

自从离开了那座山，我才知道很多风景，都留在了心里，再想看也看不见。

山前不相见

山后总相逢

我走过的路，爬过的山，路过的风景，经过的站台，所有的都是别人的路。

我们拥有很大的土地，但是我们无法拥有更大的天地。

方寸之间，世界也很大！

千里人生，烟火芬芳！

这个现代化时代，越来越缺乏烟火气，人们不知不觉地走向现代文明，我们曾经在一起对未知有巨大的不确定性，我们期待人生是可以追求，可以从理想出发的。

可是在现今，你看得见的事物越来越多，可预见变得可透明，人们在不知不觉中失去了烟火气。《人民日报》也觉得过年应该放一些烟花爆竹。

是啊，这个世界什么都清楚，什么都计较，老天都觉得没啥意思了！做人一旦少了乐趣，想想厌世的人就多了！中国人的爆竹，是一种祭祀的方式，一定要惊天动地，求得感应！天要喜庆，人要平安。有条件就拼命地放放炮，震动不了天地，可以先震动一下自己！为还活着的人，放鞭炮！放一放，什么病毒就走了，没有民俗文化哪会有千里的人生。

炉烟忽散无踪迹，

屋上寒云自黯然。

　　一封封家书，流向十方。你问我做了什么，我什么也没有做，只是一个人的用心，一切都是烟云，握住了就是温暖。

　　我爱你千山万水
　　我爱你花开花落

　　让爱流动
　　有爱的地方是天堂

第七辑

我是一切的根源

九莲台畔礼慈尊

为什么人和人之间不能互相让步，为什么有些夫妻要反目成仇，为什么善待他人却不能善待亲人？

中国的传统文化家和万事兴，教人要称赞如来，想发财就得悟"舍得"二字，不知舍得怎能悟道人生，世间的事情和人都有因果关系，不能理解因果的法则自然很难明白佛法的受用。

十多年前如果不是一位慈悲的法师让我去读《地藏菩萨本愿经》，我连佛和菩萨的关系都不知道，更不知晓四大菩萨和天龙护法。我对佛法的认识只局限于孩子出生时的吉祥物，听人说过男戴观音菩萨和女戴弥勒佛，其他也就是稀少的去庙里烧烧香。二月十九烧烧香也是求富贵，心中只有利益，对于佛法是一无所知。

记得当时的情境就觉得世界唯对我不公，为什么偏偏在惩罚我似的。内心有无数的冤屈，并不知道有因的报应。经常读诵《地藏菩萨本愿经》慢慢地也懂得了一些经文，确实收到了一些利益，人渐渐地有了定力，怨气烦恼少多了自然心有些明了，就发愿读二百部。如觉林菩萨偈上所示：心如工画师，能画诸世间。五蕴悉从生，无法而不造。人一旦明白了是非真假曲直，就会有善恶美丑之分。心念的变化自然就会改变外界的环境。

当自己明了一些因果，就发现一切唯心造，接受现实才能改变自己，有诚意忏悔才能从根本上去改变自己，光目女救母发大孝心从根本上广行善业，因果轮回才会慢慢改变，唯有接受了因果的关系才能从当下去积极转变。

我每天读一部经慢慢养成了习惯，妄想烦恼也就少了，有时会去体会经文中的一些语境和人境，不知不觉受益颇多。后来那位师父说，修行人都缺少资粮，我所面临的一切困难都是非常稀有的道粮，我应该珍惜并好好地处理。

由于这样的因缘，我算是初闻法味，再加上小茉在死亡前的顿悟因缘，她用功读了几百遍的《地藏经》，并在地藏菩萨的护佑之下对死亡没有恐惧，并有缘得他的帮助，而且清楚明了地离去。许多神奇的感应让我对佛法有了更坚定的信心。经文：何故得如是圣贤拥护。皆由瞻礼地藏形象。及转读是本愿经故。自然出离苦海。证涅槃乐。以是之故。得大拥护。

在玄武湖畔三年的义工生活中，无论是拆除危房改造，还是护山体滑坡改造工程都义不容辞。由于佛顶骨舍利的安放地点的待定，几个区均积极地竞争，在好友武九成博士的召集下，邀请了三十多位著名专家学者，在东大榴园召开论证会，会上大家联名推荐安放牛首山。

现在站在佛教的立场看安放牛首山这件事是有很大的意义，至今不为人知。在寺庙里做义工能够多闻多思，也有接触到藏传佛教，城市里的人学密的很多，其间也接触过几个活佛。由于我始终没有忘记祖师的告诫一门深入，就一直不忘读诵《地藏经》，偶尔接触密法从五加行开始，由王师兄介绍亲近智敏上师，也去修了一些密法。

常常会看到一些佛法的书，很多祖师大德开示：信愿行，戒定慧。无论哪个法门都要一门深入，坚持做到这一点，时间一长必定会有效果。这句话对我有作用，以至于无论修什么法念什么咒，自己一直没有忘记读诵《地藏经》，这一定是地藏菩萨的加持，时间长了自己习惯了每天读一遍《地藏经》。

透过死亡去看生命的悲欢离合会有更多的觉悟，人生在因果观的觉知中会真正认识到一切唯心造，明心见性的生命认识也是从对死亡的觉知中觉醒。在《地藏经》中有各种因果的轮回道理，和生生世世转世的根本规律。日常生活中能如实修持确实是有非常大的利益的。

终南求道不可挡

我想这个世界上一定有些奇特的方法，还有一些奇特的人。自萌生云游天下参学之意，就辞别师父去了一趟终南山，住山访道几个月，实地接触了一些修行人。有诗人、学者、琴者等各种异士。

如我所期待在终南山遇到一位隐士，在他的茅棚住了两周，颇多受益。对于如何理解中道和心经的不生不灭不垢不净，非有非无心名为中道，有了一个比较完整的体证。

为什么印光大师去莲花洞，为什么虚云老和尚去狮子茅棚？大师们为什么在终南山结庐修道？

三年的玄武湖畔的生活，在人生中有深刻的意义。完成了《活在当下的力量》的写作，这本书夹杂着很多对佛法的受用体验，几年的学习更深地体会了佛陀慈悲喜舍的四无量心。透过死亡去看生命的悲欢离合会有更多的觉悟，人生在因果观的觉知中，会真正认识到一切唯心造，明心见性的生命认识，也是从对死亡的觉知中觉醒。

生死解脱没有一个完整的体验和觉知，是无法在红尘中保持高度觉醒的状态的。对于修行有很多的疑问，决定去终南山参访求道。这段终南山的参访经历，让我对佛法有了更深刻的认识。大师们为什么在终南山结庐修道，如果一个人不能直面生死，对于生死解脱没有一个完整的体验和觉知，他是无法在红尘中保持高度觉醒的状态的。

诚如达摩祖师开示：诵经得聪明，持戒得清净。无烦恼处即是道场，佛性不从心外得，心生便是罪生时。一个人要得到生命的解脱必须要明心见性。心底的光明升起照亮真如的本性，一切事物的明暗好坏就会了知，何事做或不做都是由心所定，心外无佛，心外也无非非佛！一切在自在处！

一切的烦恼都是如来的种子，因为有了烦恼自己才能转识成智，烦恼即菩提在于一念之转，烦恼是真正的道粮。至此时我开始认识到，所谓苦难的人生其实是在成就我，让我接受生命的恩宠，给我多灾多难的小茉，让我身心疲惫不堪甚至生不如死抱怨的人，原来是地藏菩萨的化身，她成就了我的爱心，让我从自私自利的名利心中脱离出来，闻到了佛法的无上清凉。

人的心是平凡的，但学了佛的心是非凡的。人的起心动念都有菩萨的加持护佑，地藏菩萨说二十八种利益：善果日增。心想事成。越来越好。当圆圆老师问我，可否写仁义法师传记时，我认识到这个缘分去朝圣九华山时，我就发心行脚去朝拜这位伟大的菩萨。

人生何处是故乡

每个人都在行走，但不是每个人都能看见自己。行脚是为了打开心门，与自己相应走上了与佛的丈量之路。2013 年因为想写仁义师太的传记，在一个静寂的下午，我看到她的照片，她清澈的双目犹如通天的光柱，一下子让我从尘世中脱落，我觉得身心分离。

那一刻，我无法说清楚，我下定决心，为了表示我对这位成就者的崇敬之心，我决定从南京起程走到她的莲花足下。就发愿要行脚九华山。

我们带上了朝圣之心，追寻一个平凡的成就者的身影和足迹，心灵顿时无限地清凉，这件事情让我产生无限的力量，就像生命中一件非凡的事情发生了。当时举行一个活动，后来许师兄赵师兄虎师兄同行，还有另两位道友走了一天，我们开启了行脚的因缘。2018年元旦终于完成这本书，我们商量行脚普陀山雪窦寺。仁义法师曾告诉弟子去兜率内院，一定要去参拜弥勒佛。

仁义法师是一位伟大的行者，一生在默默无闻地追随佛陀的教诲，她用毕生的心血重修了通慧禅林然后交给了弟子师尚管理，后又毅然放下北上继续寻医，由病入道为乡亲们看病针灸，一生持戒清净口服白斋，终生不吃盐。她示现了一个女性成就者学佛成佛的修行得道的过程。

通慧禅林的住持如严法师曾希望文字用《一梦漫言》的语言格局来表达，故学习了见月律师求道而行脚之路和得戒并最终的成就因缘。十分崇敬这位力行正见的南律宗的大师。心中暗下决心，还是要进行行脚的心愿。

当我们准备好了后，邀请仁义法师的徒孙果静一起前行，她欣然应往。

行脚途中人会自然地放松，不知不觉和自然相应。在行走中自然就建立了一个爱的疗愈场，这个场是无相的。两三天的时间我们会让爱流动起来，尽管大家互相关照，更多的还是让自己带着觉知，去看自见观照自己，平时生活中因为周围的人和事遮掩的东西就会慢慢退落下去，慢慢缠绕身体内的浊气会越来越少。

身心放松下来时，就会体会到那个小我，我们在平时的生活中不断地寻找，不知不觉中忘记了感恩生命中那些雪中送炭的人。现在会一一记起，当那些负面情绪出现的时候，那个小我就会不断地跳跃出来。当你看见了那个小丑，自然就会转化，将所有的负面情绪进行一次大清理，净化过的心灵就会有身心脱落的感觉。

有的人会认为苦行苦修才是修行。比如说露营过午不食，日夜不停地行走，甚至一日一食，其实当一个人决定去行脚的时候，过五六天身体就适应了。这些并不难，只是如果没有好的设备，行者很容易受到寒湿的影响。现在都市人的身体需要一段时间的适应，我们以疗愈身心灵为主题，也不主张露营。

在一步一步的行走中，心门逐渐打开，人就会从自然中吸收能量，外面的风景会疗愈，春夏秋冬，四季轮回，自然的能量从来就没有改变过，顺从心的某种召唤，就会有一刻觉知来临，就会产生强大的共振。

在行走中，谁是我们的导师

一步一步地静心下来，各种能量自性流露，爱自然流动的时候，那个生命的导师就产生了。一日一食一点也不难做到，通过不停的有节奏的行走，可以将身体调整到一个相对舒适的状态。我们在行走的过程中就有了疗愈性，当一个人打开心门的时候，他会开始和信任的人沟通，沟通就会产生正向的流动，这种流动就不断地调整身体的频率。一个大的能量场就会发生振动，最后达到一致。

有的人会问，打开心门很重要吗？当一个人在忙忙碌碌中，有了一个惯性很容易错误地确认自己，如果没有觉知，他会错误地认为那个身份就是自己，那个标签就是自己。

当那个标签成为某个标识的时候，人就会失去感应力，成为一个僵硬的缺少灵性的喜乐的躯体，缺乏人的灵性品质，所以那个自然的临在就是我们的大师。

我们在行脚九华山时出现一个疯癫的女孩子，她说过一句话：知之为知之，不知为不知。她和我们素不相识，她的语言又是自性流露。身心放松下来时，就会体会到那个小我，在朝圣普陀的路上"谛听"，这条狗更是一位大师。它示现了包容、忍辱、乐和慈悲……无与伦比的能量，让我们在不知不觉中得到了疗愈。人有时候不如狗，忠诚，无私，忍辱，精进。

当我们走在这个路上，有的人疗愈了忧郁症，有的人疗愈了腰伤、肺病、肝病，还有母爱，有的人看见了自己的自私，真正的疗愈就在不知不觉中……平时很多人匆匆的忘了表达爱。爱家人，爱天地，爱自然，如果你去行脚，你会发现，你所发现的世界和你认为的其实是不一样的。疗愈是自我的一次革命，看见自己并去改变自己，所做的事情就是一步一步地放松，成就自己一次全新的发现。

于是有人称这样的感觉是重生，不是为了引导谁，只是让自己成为自己。当你去关注你的心，在一步一步的行走中，安静地呼吸。在呼吸中觉知，当你呼一口气，或吸一口气，将喜悦的意念融入其中，身心得到充足的滋养，保持一份静默，让小我在自然中自然而然地消失。

走着走着，有的人自然地哭了；走着走着，有的人笑了；走着走着，有的人愤怒了……这种情绪都是自然的，让能量自然地流动，不评判，不抗拒，不检验，任由它忠实地流淌。

最好的疗愈就是在不知不觉中发生，没有外来者，只是有一个疗愈场，每一位行者保持爱的流动，源源不断，无际无边……

看见自己打开心门，你没有亲身的体验，你无法相信是多么容易。对于一个生气勃勃的生命，这只是一个开始。

成为静心者，不要成为引领者。

差一点错过了整个世界

我以为那就是我！

晚上，我想出去走走，被爱疗愈过的赵师兄也想静一静。我很能理解他的心情，当情绪被释放后的空寂与烦躁。人是需要被爱的，爱是慈悲和感恩的相续，有时候我们匆匆地给予，匆匆地就会误解了爱。

我并不是一个真正懂得给予的人，智慧还没有圆满，我给队友同修带来了烦恼，但是每天我用心去照见自己，我在给予的时候的洞见，是无法分享出来的，只是不断地希望同修去看见。那个看见非常有力量，当你看见了，你才能了解本来面目，离开小丑一样的小我的执着，本来的我才能照见。

所有的同修队友，我们走在一条路上，我们一起吃饭，一起住宿，一起出发，一起休息，为了这个一，我们在不断放下那个小我，我们有时远，有时近，有时快，有时慢。我们的爱，流动得比较慢，有一份恐惧，有一份疑惑，有一份抗拒，有一份愤怒。这些情绪都一点一点地看见。

常空看见了自己，也看见了我们。常空一直在爱我们，不停地移动，和所有的人不远不近，它的眼睛有深深的禅定。我们在走路，常空在走心，它在给予我们流动的能量。它在实实在在地疗愈这个团队。给予慈悲、喜悦、无常、舍弃。它示现了所有的美德，不躁不温，一直淡然隐忍，默默无言。

我看见自己，我说我们要走到普陀，把赶的压力慢慢放下，那个赶代表恐惧和担心，这是一个压迫性的能量。我们从喧闹的马路，平坦的高速大路，乡间的泥泞小路，正在铺设的石子路，铺上哈达的水泥上走过。大家慢慢地快乐，翻山越岭，雨雾禅境，世界和我们联结得那么好！

无论是雨过天晴花开四野，还是绿草如茵清风徐徐，这个世界给予我们最好的风景，一切都是心造化出来的，当能量在流动时，爱就会被唤醒，喜乐才能降临，所有不可思议的存在又都是梦幻泡影，刹那间已经生灭！

当我们从看见自己出发，我们才走到了自己的路上，你所需要疗愈的其实就是那颗已经僵硬的心，它已经画不出美妙的喜乐，当你照见了，身心脱落外表的风霜掩不住那颗心的光芒！我们千万不要误解爱，爱是无限深情的慈悲和感恩！

没有一个人是平凡的，没有一个洞见是浅显的，千万不要误解爱，爱是圆满的智慧，没有一份爱是平凡。当我们在爱中，团队的每一人，一句话，一个苹果，一口水，一顿饭，一声祝福都是温暖的，哪怕一个支持的眼神也会改变另一个人对世界的看法。

我要祝福每一个人，我爱我们的每一个人，每个人后面的家庭，每一个关注我们的力量，我爱你们，你们太好了！世界那么大，这也是一个不小的笑话，差一点我们就错过了这个世界。我们会误解爱，误解智慧的佛陀，没有看见，我们怎么能进入那个修行的道中。我们要遇见心中的佛陀！

所有的呈现，忧伤，失去，缺乏，自私自利，我执我们是一体的，你疼我也疼，你痛我也痛，这个世界这么美好。千年一笑，差一点我们错过了这个世界！

第八辑

爱是圆满的智慧

谛老师是一只特别的狗

　　狗有狗性，大家的认识各有不同，在终南山遇到花花后，它带路去了终南茅棚。后来因为山洪来临，我又是初次入山并没有和它细细相处，翻看终南山的照片才发现花花和我一起行脚的狗谛老师长得太像了。

　　那段时间把注意力更多地放在周围的环境上，没有太注意花花。

　　因为散人救过它的命，它是队长家的狗，后来经常去茅棚做义工。

　　花花这段往事让我想起了谛老师！它们长得太像了！

一、谛老师

2019年我们一行人行脚普陀山，也是从寒山寺出发，路上也遇上了一条狗，它充满灵性而友爱的光芒。刚开始我们也不知道谛老师是何方神圣。它奇迹般地出现，神一样地消失。说起来很像一个好听的故事。

当我们行脚至绍兴时遇见了谛老师，修贤法师说在过一个红绿灯时它跟上来的，它一直跟着她走了两里路，修贤法师发现这是一条非常有灵性的狗，修贤法师就给它皈依，取法名绍皈字常空。

谛老师安忍，坚定，自律，担当，独立，具有卓越的团队精神，赢得了行脚队所有人的敬佩与尊敬，同时它获得了无数人的关注！

狗很懂得疗愈，它走到队伍前面。

我发现它时是在出绍兴后的一座桥上。那天我主动和一直默默无言的小红聊天，绍皈就上来了，一直在我们两人前面走。小红在阳光下讲了很多自己的想法，掏出了多年的往事。在沟通中我才知道，她是一位忧郁症患者，狗一直陪伴着我们行走，它不时地摇头摆尾让小红产生了专注。那天的沟通富有成效，小红在太阳下吐出了很多褐色的东西，她一天一天地好起来了，开始分享并流动，拍了很多的照片。不知她是否还记得这只会疗愈的狗。

谛老师加入后始终和队伍在一起，第一天晚上有两位队友特地带它去洗澡，晚上就睡在他们房间，第二天和另外的队友，它分别和我们所有人住了一次。

它就一直在前面领路，常常跑前跑后，围着我们这支队伍转，当它发现我们的队伍不成行的时候，它会不停地跑动。

有一次在路上，人也多队伍散了分了几队，狗跑前跑后急得上上下下。它渴的时候就会自己在路边田里找水喝，有一个队友发现它的脚指甲出血了，才觉知到它的用心，害怕它太累了。大家走路的时候会下意识自然地合一了。

为什么要叫它谛老师，这是一段在雪窦山的公案。

行脚队到达雪窦山后就去拜访然相法师，它一直在师父座下听法，不声不响特别亲近。怎么叫它都不肯走，它就安然独坐！

然相法师在朋友圈写道：行脚队途中意外出现护法"谛听"，风雨无阻一路护持，进入善法堂始终安静闻法。不可思议！

雨后花落青枝旁，

鸟飞竹摇风飘扬。

自此我们称它为谛老师，谛老师是爱的光芒，行脚途中我们在走路，谛老师在走心，它在给予我们流动的能量。无论是雨过天晴花开四野，还是绿草如茵清风徐徐，这个世界都给予我们最好的风景，谛老师的眼睛有深深的禅定，它一直坚定地陪伴我们。

我们翻山越岭，风雨兼程，当能量在流动时，爱就会被唤醒，喜乐才能降临。

到了四明湖，一路上桃花盛开，茶树栽满山坡，我们翻过一座山，它一路小跑撵得一户农家养的母鸡四处惊飞，把大家弄得哈哈大笑。它喜欢在队伍最前面带路，偶尔也会去路边耍一下，一会儿它还会跑到队伍的最前面，不管哪个在前面，它一定要紧跟第一位。它给予我们无限的喜乐！

二、走心

不得不说谛老师是一只特别的狗！

因为谛老师，世界和我们联结了很多好的因缘！它一直陪着我们，在和怡藏法师拍照时它也淡定地站在那儿，它自然地站在 C 位，站在大和尚前面。它这样做我们一点儿也不见外了。

谛老师每天都很淡定地带着队伍，还跑前跑后地清点人数。如果我们分两边，它就会两边不停跑，直到我们的队伍合二为一，它才会不操心。为了体谅它的辛苦，我们会很快自然地走到一条路上。

有一天在大堤上走，我和许师兄在上面走其他人在下面走，谛老师爬上高高的大堤斜坡，直到看见我和许师兄跑下去和其他人会合。它有一颗饱含深情的心！

在快到普陀山的一个晚上，大家都在讨论谁将把它带回家，有人要把它带到寺里，有人要带它回家。谛老师神一般消失了，它怎么来怎么去，真的是如梦幻泡影，如露亦如电！

当知虚空，生汝心内。

犹如片云，点太清里。

谛老师自此留下了一个神话。有些人真不如狗，狗的某些品质是爱的品质，它的爱具有圆满的智慧。我们坦然地接受无常的变化。每次行脚都会有一个化身一样的狗。前年我们去九华山常法法师带回了一只小黑取名小谛，在寒山闲庭和合精舍的草地上自由成长。

去年道心师兄抱着一只狗，我让她在大愿文化园放生了！我们不能有太多的执念！狗是一个示现！谛老师会用任何的方式给我们显化佛法的智慧！

三、爱是圆满的智慧

谛老师是爱的光芒，无论是雨过天晴花开四野，还是绿草如茵清风徐徐，这个世界给予我们最好的风景，一切都是心造化出来的，当能量在流动时，爱就会被唤醒，喜乐才能降临，所有不可思议的存在又都是梦幻泡影，刹那间已经生灭！

狗之佛性——

有僧问赵州："狗子有佛性吗？"

赵州回答："有。"

"这是他明知故犯。"赵州答语幽默。

又有僧人问赵州："为什么？"

"因为他有业识在。"赵州回答。

谛老师站在禅院里，它的眼睛有深深的禅定，它静静看着，凝视着远方。雨后花落青枝旁，鸟飞竹摇风飘扬。寺庙的院子里，谛老师站在那儿，太美了！

行脚途中我们在走路，它在走心，它在给予我们流动的能量。它在实实在在地疗愈这个团队。给予慈悲、喜悦、无常、舍弃。它示现了所有的美德，不躁不温，一直淡然隐忍，默默无言。

谛老师和我们一起随然相法师去见雪窦寺大和尚怡藏法师，和尚说：这条狗是来求解脱的吧！行脚队拜见雪窦寺怡藏大和尚，谛老师一直陪着，拍照时站在那儿，一点儿也不见外，显然它也想做一个纪念。

感恩谛老师一路上的关照。它一直在爱我们，不停地移动，和所有的人不远不近，不离不弃。

我们从喧闹的马路，平坦的高速大路，乡间的泥泞小路，正在铺设的石子路，铺上哈达的水泥上走过。大家慢慢地快乐，翻山越岭，雨雾禅境，世界和我们联结得那么好！

在快到普陀山的一个晚上，谛老师消失了，它怎么来怎么去，真的是如梦幻泡影，如露亦如电！爱是圆满的智慧，没有一份爱是平凡的。

　　每个人都会有这一天，成为一个单独完整的自己。我们互相关照不是为了成为谁，我们互相关照是在成长，我们互相关照是我们成为了我们。不依赖、不评价、不抗拒、不争取，富足的慈悲和圆满的智慧才是我们的精神的能量场。

还是要像猪一般真诚

太阳照旧升起，2019 年的最后一天，看着，看着就要过去了。无论如何我要感谢生命中重要的人和事，无论有多少过往，多少惊险，多少慨叹，我都要感恩！

心门开了，世界就变了！

人生不就如此，你想做点事情，不是为了自己，也会为了自己，有点公德心总是好的。人到了半百之时，不知不觉就会明了很多事情，生啊死的，苦啊乐的！那个谁谁谁怎么回事，有些事情就不知不觉地放下了，不是不争而是无争，争什么呢？看得见和看不见的都有神管着，心中有个佛，就把自己管住了，好坏都是一体，善恶总有因果！

尽管想脱俗高雅一番，但离不开人间，在世上还是要像猪一样真诚！人活着不易，往生的还可以再来，我们活着的人更要彼此珍惜，可能以后就无法相见了。能够自得其乐又能分享他人，这样的事情就是猪做的事情。

人需要一种臣服，经历多了也需要更多的清空。清理自己让更多的感受、更多的单独去滋养心灵。有些时光可以发呆，看日出、日落、云朵、彩虹、飞鸟、花朵、动物、岩石、人们——看着他们背后的宁静。

到了这个年纪我们有共同的认知：受到过磨难，受到过伤害，积极转化过后还真诚地付出，最终受益的也是自己。一个单纯的世界是容易被感动的，在无语的世界有更多的单独与寂静，真的能除一切苦！一个真正富有的人，他的心量是无限宽广的，他的格局也是无限高峻的，他不会被恐惧和抱怨束缚，不会在痛苦中消失。真正的爱会让他拥有无限的光明。

在缓慢的岁月中，能够有缘相聚的生命不多，能够用心面对的，所有的要面对的，都得去经历。唯有超越那些看似不可能的事情，最终才能够体会到一个心想事成的自己！遇见一个非常丰富的世界！

246

世间的是是非非，悉心反观会发现我才是一切的源头！所有的都是自己作出来的。能够积德行善也是命，做点善业还是要消除我，都是因缘和合而来，无我才是爱的真谛，无我才有无量光！

感恩生命中的你，和最好的你遇见！

感恩和我同行的猪，并肩同行共进退！

无论如何还是要像猪一样真诚！

不用笑！天真的人是可爱的。

天真看是一种愚，看上去天真是可笑的，但是人老了，应该天真，甚至愚不可及，才是非常可爱的人。

故乡的麻雀

我在故乡感觉熟悉的是麻雀。这些年一直在城市里，很少见到这么多的麻雀，非常亲切在身边出现。它们机灵活泼，而且小巧可爱。一把米一会儿就啄完了，它们也不会感谢，偶尔会在你的不远处为你唱歌。

早晨四点多快五点这个时间，它们必在我的窗前，叽叽喳喳说："快起！快起，饿了！饿了！"那时声音是悦耳动听的，细细地体会，它们肯定是用了一点哀愁，让你不得不去倾听它们的声音。

起床穿上衣洗把脸，佛前上香供水。就去米缸掭出一碗米来，抓几把撒在院子里，它们相对来得少些，剩下的就撒在门前的白果树下，一边撒我也会说一两遍心经，回向给它们。

撒好米，它们就在树上静静地等待我离开，我在的时候它们是矜持的，等我离开它们就一哄而上，争先恐后地来了。偶尔有一只稍大的鸟，白头翁或乌鸦，它们也不甘示弱。有时候，我会躲在门后观望它们的跳舞蹦迪一样的觅食，十分地有趣！

我对麻雀十分地喜欢，那一年在玄奘寺闭关写作，完稿那一天上午就要出关了，一件神奇的事情就发生了。清晨，有无数只麻雀来到窗外，在我的房间外面，它们整齐地唱诵起心经，那是非常美好的瞬间，在生命中一直驻留着，那种美和爱一直让我无法用语言表达出来。

当时的体验确实是神奇的，那天非常地喜悦，当你一旦身心达到平和，所有的一切，都会生机勃勃并光芒四射。就觉得那一刻，心灵无比地寂静和从容。真正体验到人有诚心，佛有感应。花鸟树木，土石山水，一沙一尘，一草一花都是非常地有生命力。都有无限的美！

从那天起，我对麻雀有了十分欢喜，还有了一份敬意。在昆山也许是工业发达的原因，麻雀也会来院子里做客，它们总是腼腆胆子小，总是不会来很多，等到搬到苏州诚品的高楼，早晨再没听到麻雀的声音了。

人们常说万物皆有灵性啊！可是你没有真正的体验，你是无法体会到那份乐趣的，昨天我去洗了一下车，洗车的小伙子用水龙头冲了很久，才把麻雀给我的馈赠送入大地。车子停在白果树下，它们就任性地狂欢，上面全是鸟屎！妈妈笑着说，这是鸟儿给你的礼物。

每天有五六个小朋友来门外的场上玩耍骑车，我看见每次给他们一人两块糖，一般上午下午两次。因常年没有如此这样在家，孩子们都不认识我，有些陌生。刚开始也是，胆怯害羞的，都是我招呼他们来拿。

日复一日，时间长了有一天，突然有一个女孩子说："谢谢！"几个小孩互相看了一下，一个一个都说："谢谢！"小孩子还认真地问我："你怎么要撒米呀？"

我回答说："给麻雀吃啊。"

不一样的元宵节

不一样的元宵节，祝福圆满自在！

昨天苏州开始双暂停！

生活还会继续，尽管今天苏州出门已经带"星"，不一样是星光大道。

无论如何，今天还是元宵节。

生活里有无限的变化！

活在当下应对无常，所以不要花太多时间去担心，疫情已经是生命不可或缺的一种存在，信与不信都是如此。想或不想也是如此！

无论如何，我们还是要爱这个世界。春天还是要行脚，参访，义诊，做任何的事情都要认真专注，人是可以运动的。

人是可以变的，运用时空去变化。

学习一门技术，有一个伟大的发心，可以帮助到许许多多的人。有很多人理想很伟大，但自己常常受困于当下。所以，每一个当下都是自己看见，疗愈的关键在此。

所有受困的烦恼都是心念转化而来的，转化自己的烦恼就会获得智慧。这个一念之转需要很大的力量。新的一年开始了，一年之计在于春。宽恒法师有一个伟大的梦想，让人人得长寿，家家得安康！这个伟大的发心鼓舞我们去行动，去实践，去实证！

人要求得快乐就要先学会原谅自己，无论外表多么地光彩，内心都有自己的死角暗房。只有自己把它点亮才能照亮整个世界。

放下执着但不要放弃爱，因为爱与执着是两回事。当你去理解阳光、空气和水之间的关系，才能理解中国人敬畏自然，追求天人合一，尊重教育，懂得适可而止的道理。

所以，在中国谈到信仰，与宗教有关，更与宗教无关。那是中国人才会明白的一种执着。

但可能，我们这代人最终将不再明白。

宽恒老和尚说：要学会原谅自己，要宽恕自己嗔恨的人，人非圣贤，孰能无过，宽恕别人，自己心情就舒适了，这样的心态保持下去，面貌就会改变。在遇到困难的情况下，依然保持乐观的态度。

唐伯虎诗："有灯无月不娱人，有月无灯不算春。"

元宵节快乐！

生活还在继续，该做的事情还在做！所有无法完成的事情，都是因为圆满的存在而存在！

这个世界上等待和希望永远存在，在这个当下，外在的"双暂停"，对于一颗充满爱的心灵来说，同样地充满了爱。

这个世界除了病毒、战争，还有爱

苏州的疫情还没有结束，就发生了俄乌战争，大家埋头刷手机，一方面是关心，一方面是焦虑。很多人都在为俄罗斯加油，是因为恐惧有一天我们不得不和俄罗斯一样战斗。

刷了几天的手机，有个朋友问不是有因果吗？死了这么多人，还有核升级，当然这些都是因果。是因为两个集团的意志的显化。遭殃的是平民，没有能力又缺乏智慧的团体，把平民当作盾牌，而有能力的都跑掉了。走为上策！

人生面临的最大问题，就是要直面死亡。我们常常因为大是大非而不得其解，大家争来争去的。昨天有一位老和尚和我聊天说：战争都是共业，学佛是为了解脱，修行你不为解脱无疑还未入道。

人解脱了就不害怕死亡了。

> 我坐水前遭鸟嘲，
>
> 白鹭轻鸣过水桥。
>
> 荷叶又圆茎又高，
>
> 不见荷花露波痕。

当人类埋葬真理时，就不能面对良知。

我们大部分的人都是俗人，战争是非常残酷的，翻开历史哪一次战争不是地缘政治呢？

中国历史上最强大的疆域是成吉思汗打出来的，但是上一个百年，世界上的强国又有哪一个没有来分享呢？所以，人的本性是恶的，渴望和平是弱者的想法，拥有和平是强者的施予。所以人必须强大，国家也必须强大。

因为战争好像疫情都不重要了，这几天我们开始准备行脚，这是期待很久的活动，因为疫情而不断延迟。生活还是要继续，为了更好地活着还是要去面对无常，更好地处理无常。

战争让人更加爱国，人的内心深处需要一个归宿，这个也是民族性。我们只有爱这个国家才会有力量面对一切困难，没有爱就没有归属感。爱好和平的中国人对这个世界的贡献就是和平崛起，只要是正常的就好！人对于这片土地没有深情怎么会理解爱呢？

一旦发生战争总是要死人的，但愿战争早点结束！佛佑世人，太平盛世太太平平的就好！

我怀念那辽阔的疆域，让我扬鞭策马，在茫茫草原上弯弓射箭。

奔腾的骏马，自由的雄鹰，在广阔天地任我前行。

现在异乡的土地

是城市的味道

诗歌对于我，几乎是信仰，远比炮声更嘹亮。如果现在还不能尽情地释放一下，等到春天没有了信息，你自信那个你，还能真正地活着吗？

我们生活在纷扰的社会中，每天至少要留点时间给自己，透过静坐、思维、反省，来找回自己。

树知道

由于工作的原因喜欢独处，在行走的时候也是大部分的时间保持静心的状态。想想人一辈子，再伟大的人最后也要落入灰尘，很多事情就会变得灰暗起来。

人最终都会是那一粒尘埃，非花雾非云烟。在世事中悟出禅机，在名利中体验生灭。虽然我已经老了，白发不知不觉地生长，过了三生又三世。但仍然有人说我越来越年轻，我喜欢让人赞美，也喜欢反省自己。尽管天气忽热忽冷，可仍然有人说我越来越成熟，总以为还有很多时间，就不知不觉地改变，改变天气改变山水。唯独心不肯改变。越来越深情。总以为这一生，可以过想过的生活。

纵情于山水田园之间，

可是心尽管深情

却越来越任性

虽然我们最终

都是那一粒灰尘

在风雨中繁华间落幕

可有多少人明白

尘破光生尽在虚空

没有一段痛不欲生的经历，怎么会喜不自禁？没有生不如死的
体验，又怎能平静如水？世间很多的事情不是劫后重生，都是相对
的平衡。没有花开花落，哪有四季轮回，世间数不胜数的美景？

我们不过是因为活着而必须活着，去找到一些与众不同的方式，
这样才能在平凡的生活中面对自己不安定的世界，让她安静下来。

这就是创造力。

上午的阳光

这个世界你做任何事总有人说你不行，无论你如何做，他总是有办法说你不行！

可是这有什么关系呢？

真正的道是看不见的，道法自然是隐身于世界的，我们追求道，不是追求人的认可！

我等你

等你风雪归来，

又等你春暖花开。

等你枝头青绿，

又等你叶黄枯瘦。

人们看问题往往会片面化，只取自己认为有利的、可参照性的事例，而忽略其他客观因素。

人的一生成功与否是由福报决定的，所谓的机遇，也都是一个人的福气所至。勤奋的人很多，而成功的人极少。你可以用一颗心，温暖另外一颗心！

朋友邀我去喝茶，在镜庐我看到这样的风景。

枫叶红

杏叶落

没有枯残的表现

何以来盛放的香气

万事万物之根本大法为心。任何事也不例外。背诵经典词句人人皆可，虽可讲解宏深，但难以触心，并不能受益。但一颗足够强大的心，可以改变另一颗心的节奏，就像较大的时间钟，会改变较小的时间钟一样。

人生没有生死与共的勇气，怎么会与道相逢？做一只好鸟，才有一个广阔的世界任意地飞翔。

人害怕孤独是因为怕自己不能单独思考，不愿面对自己的内心。

岁月成长，人越活越简单，圈子就越来越小。

坚持做一件事，十年、二十年、三十年，慢慢就会有点光彩，人是用专注力熬出来的。

那些你看得懂、听得到的故事，都是几代人的努力。千万不要相信，你也可以！

石头可以开花

石头可以开花。

在寂静的时刻，你就是石头，你就是花，你就是那个寂静。

一切纷扰纷纷退出后，只剩下你在。

那个世界就完全地属于你了，你可纵横天下，任情发挥。

你也可以，什么也不做了。静静地，体会那个世界。

花儿开了。

它在哪儿开了？一点也不重要！

鸟儿叫了。

它在哪儿叫？一点也不重要！

你走到那个寂静里，

那个寂静就属于你。

看山河大地日月星辰，

看小桥流水山间小径。

走过的地方都不会留下痕迹，

只有心去的地方，还可以看到点什么。

石头可以开花，只有在寂静的时候。

言语不多，天地就宽。世上的事情光想着去依靠一个人就会成功是不现实的，只是卧薪尝胆也是不会成功的。都是众缘和合。

跋 / 我是一切的根源

一、苦海作津梁

师父往生后给我留下了很多问题，需要我去面对。他清清楚楚明明白白地走了，非常地潇洒自在，一如他写的偈子。苦海作津梁，宽恒老师作为一位平凡的圣者，在世间默默无闻，但让很多求道者奉为明师，两根银针行走江湖，正人心治其身，以德成名一生修忍辱忍不能忍而忍之，终获成就示现圣相。惭愧作为弟子，所学太少，但师德威严如山，当勇猛精进修行。

和师父相识只有五年左右的因缘，他老人家往生前来到苏州无隐山休舍成就之前，为了弘扬佛门医学吃了不少苦头，东奔西走也是勇敢的一个人。最后收我为徒，并和我太太结缘传针灸之法，专治带状疱疹的特殊手法，并将治疗的心法——传交，一切不可思议，这也是几世的缘分吧!

师父来苏州之前我们差不多就只见了三四次面，今世的缘分似乎不深。第一次见面在听禅音乐会，宗俊师兄请他来参加音乐会，原计划做一个新书发布仪式，因为沟通不详后来就没有了。听禅音乐会是很好的一次策划，在九华饭店的大厅，那天请了几位大家。晚会很成功，我也是第一次把亚娟介绍给南京的朋友。那天因为南京第一次办这个活动来了很多人，秩序比较乱，那天任彦申书记也来捧场，大家对古琴专场的演出是非常高兴的。我的接待多，当天没有和他见面。

第二天早晨在九华饭店吃完早餐时，看见九华大厅站着一位九十岁的老和尚在阳光的照耀下特别地吉祥，正好和王健、李风云老师夫妇二人一起穿堂时看到这样的禅境，两位老师心生欢喜问我可不可以和他照相，便上前祈请师父拍了一张合影。亚娟也是那一次和他认识，拍照后我送给他一本书《活在当下的力量》，他非常高兴地站在那里，带着慈祥的笑容和李老师拍了一张合照! 两位老师非常地开心!

师父后来说他完整地看完《活在当下的力量》，很认同不能过度治疗和治疗过度的理念，他让王师兄去找我。以至后来我们认识并成为师徒，这一段因缘只有佛法可解。

我是一切的根源。

无我才是爱的真谛，无我才有无量光！我们有共同的认知：受到过磨难，受到过伤害，转化过后还真诚地付出，最终受益的也是自己。师父他非常地慈悲，总是以方便的方法度人。他与本焕长老有一些书信往来，他们场面上是师徒，私下是道友。

他说一个真正富有的人，他的心量是无限宽广的，他的格局也是无限高峻的，他不会被恐惧和抱怨束缚，不会在痛苦中消失。一个真正有爱的人，拥有无限的光明。

在一段艰苦的岁月中，他说出身富贵家庭，成长于曲折离奇之中，能够活下来已经不易，所要面对的东西太多，凡事都得去经历。只有忍辱，唯有忍辱才可超越那些看似不可能的事情，最终才能够体会到一个心想事成的自己！遇见一个非常丰富的世界！

二、一切与道相交

爱是自然的，自在的，无论是什么样的发生，他都是安然地表达，我们在一起写字时，他的每一个念头都显现着爱的光芒。他可以照亮那个世界，他的灵魂有无量的光芒。

宽恒法师就是这样的人，他有广阔的世界，长年累月在丛林中修行，他闭关近乎二十七年，又回到红尘弘法。师父他对于我来说是一个降临，他没有征兆地降落，我没有任何的期待，在我面前也没有任何的阻隔和隐藏。

他如一条河流的溪流一样自然地流淌，如一朵花的盛开静静舒展开来，如一棵小草的生长缓慢地伸向天空。师父最后的那段时间十分地安然自在，就活在那里，那个片刻里所有的世界。从楼上到楼下大楼里的人看到那个拿着棒棒糖，带着微笑的一位老人。

有一天我行脚普陀山回来走进书房，他坐在我的椅子上正对着我，眼睛出奇地亮，我很奇怪他没有钥匙怎么进来的。我说师父你怎么在这里，他说我来写字。然后，他说："我想告诉你，仁义师太不知道我有了你这个徒弟！"听了觉得有些奇怪！

我非常纳闷他怎么到我书房的，这件事一直是个谜，他不慌不忙地安住在那个明了自然的中心，看不见慌张和彷徨，也没有恐惧害怕。一切都如寂静的天空，宽广地在那里。只要静静地呼吸就可以走向更深的内在。在和师父接触中，他的身上就有这样的气息。

无论修行和坐禅，还是他的书法艺术都有这种天真自然的美，这种美是稀少的也是喜悦的。一切以道相交，他的古朴天真是他禅心造就的。

感谢这位佛门医学的引导者和禅修者。

三、看见自己就是疗愈

疗愈是自我的一次革命，看见自己并去改变自己，所做的事情，其实就是自己的一次全新的发现。一个人在行脚的时候会自然地放松，不知不觉和自然相应，就会建立起一个爱的疗愈场，这个场是无相的。

每年从寒山寺出发去九华山，带上寒山寺大和尚的墨宝去朝圣圣山。每次都有不同的收获，老和尚说："行脚要多参多访。"我便听他的话去参访善知识，见想见的人去想去的地方。

当我们带着觉知去参访学习，自然会看见自己平时生活中，周围的人和事，遮掩的东西就会慢慢退落下去。一旦照见，所有的负面情绪进行大清理，就会有身心脱落的感觉。

行脚一定是更好地爱自己，让自己变得有觉知，有更高的警觉性。一个人决定去行脚的时候，经过前三天的疼痛，五六天后身体就完成调整。在一步一步的行走中，心结逐渐打开，顺从心的某种召唤，就会有一刻觉知来临。所有的人都会因为这个疗愈得到滋养。

有一天老和尚对着我大喝：你身上杀业太重，修了这么久，修到现在还没消掉，为何不去找个地方待一待？

我说：有债就还，慢慢还吧！

我们两人经常一起写字，老和尚写字人很静，他写字很认真，喜欢写小篆，慢慢地写，看上去清静安然！

觉醒的过程就是疗愈的过程，爱不再是一个被寻找的幻想，而是一种亲眼看见的事实，你自己就是被看见和被成就的爱。这个被反复看见和最终被确认无疑的事实，才是你的真正的人生。

四、山高人为峰

当我们从看见自己出发，我们从生存到生活，都是走到了自己的路上，你所需要疗愈的其实就是那颗已经僵硬的心，它已经画不出美妙的喜乐，当你照见了，便身心脱落外表的风霜掩不住那颗心的光芒！

回想和师父在一起的时候的一些问答是很简朴的，每次行脚交流都非常愉快。他说我们都是隐者，这个世界是最美的，你可以看见那个寂静的虚空，可以自由地思想，可以传播你的仁爱。

为什么调病要调心？

师父说：人的病没有法治，都是心的问题。心觉醒了，悟到了，这个生活就改变了。改变生活就是改变身心环境，身心环境好了，病自然就转了。

那为什么还要治病？

师父说：治病也是理气！气脉不通就会生病，针灸的目的就是理通气脉，全身通了，就可以把病化掉了。

您如何用针？

师父说：先用心针针其心，再用马丹阳针其穴，再服禅药定期复诊自心。

爱在自然流动的时候，通过不停的有节奏的行走，可以将身体调整到一个相对舒适的状态。沟通就会产生正向的流动，这种流动就不断地调整身体的频率。

师父说：闭门即是深山，人人心中都有一座无隐山。他说自己喜欢寂静的世界，但身边的人更喜欢热闹，他们害怕独处喜欢自己贴标签，但标签会限制人的创造力和爱，还会失去感应力，成为一个僵硬的缺少灵性的躯体，缺乏人的灵性。

人要超越的就是自己的约束，只有撕掉那个符号，在自然空灵的状态中，自然而然的爱才会出现，疗愈会自然而然地发生，那个自然的临在就是我们的大师。那或许是禅的状态！

五、何处借得柳荫凉

春天的花是真的开了，春天是真的来了。来了就是扑面的花朵，翠绿的柳条，大片大片的绿挟持着阵阵的春风，绿肥红瘦说得一点不错。

这个春天多少让人担忧，不是日落日出的安宁，而是日落日出的无常，在信息的高速公路上，我们突然会发现，停下来生活似乎更难，这个疫情让人在死亡的面前焦虑不安。

人到得意之时没有什么可烦的，因为顺利的时候天地都是可以改变的，万丈红尘三杯酒，千秋大业一壶茶。谁没有一等一的豪情！

往往人在碰到困难的时候，才会抱怨，觉得命运怎么如此不堪，为什么偏偏要和自己过不去，甚至去寻求外界的帮助，也会四处碰壁。这个时候如果不能及时地审视自己，还会错误地认为失败的原因是机遇无法来临。自己只是运气不佳而已。

事实上人与这个世界最大的距离就是理解不了，道法自然。所有的一切都是自然而然的。自然而然是一种规则，中华文化的传承一直以传道为核心，人人都会说要守住那个道，做事就是做人，人做好了事情就做好了。

对于志向远大的人常常也会碰到一些问题，总是希望有人拔刀相助，做人还要讲义气，那些有能力的人也是想为意气相投的人去付出。人人皆知有个大树好乘凉，可凡真有点明白的人又怕树大招风，世间有舍命相交的人幸哉！

人问寒山道，寒山路不通。在生活中常常会碰到一些无法理解的事情，如何才能接纳面对？很多时候，我们无法接受的是自己的期许无法达成，也不知背后的真相。据说寒山大师是文殊菩萨的示现。每每有人心怀不满之时，常常会想到寒山、拾得的问答来劝慰。

寒山问拾得："世间有人谤我、欺我、辱我、笑我、轻我、贱我、骗我，该如何处之乎？"

拾得答曰："只需忍他、让他、由他、避他、耐他、敬他、不要理他，再待几年，你且看他。"

世上人人都是大丈夫，谁能跳出名利的火坑，太难了！

劝世文就是劝劝，人贫道不贫，一个人常在道中办事，如果不争场面且能明白真相名利终将成空，就不会在意这个逞英雄，那个做好汉。

不论是非，看明白了就笑笑而已，真的能一刀两断做个清凉汉子，与日月为邻心地宽广，自然不必自己为难自己，一切顺其自然！所谓世事无常是了解了自然规律明白了顺应事物变化无常的道理。作为人的生命选择应该保持冷静宽容的态度。

一天收拾桌子，发现师父在我的桌子上写下一首诗，很有味道。

我居太湖边，种植杏树林。

明镜照人影，常照见仁心。

我居杏树林，不见我踪迹。

尔看太湖美，还可照夜明。

何处借得柳荫凉呢？

只有自己当下去做，才有这块宝地！

六、致谢

我碰到了很多的好人，他们总是在帮助我前行。我的工作有很多需要文字，需要设计，需要外协，这些工作都要花很多的时间。这次成书除了太太的支持，还有张鹏老师和秦艳艳老师的帮助。在此谢谢所有帮助我的背后的力量！

我爱你　千山万水

我爱你　花开花落

图书在版编目（CIP）数据

无隐山 / 校尔康著 . -- 北京：作家出版社，2024. 7
ISBN 978-7-5212-2536-5

Ⅰ . ①无… Ⅱ . ①校… Ⅲ . ①散文集 – 中国 – 当代
Ⅳ . ①I267

中国国家版本馆CIP数据核字（2023）第188737号

无隐山

作　　者：校尔康
出版统筹策划：汉　睿
装帧设计：孙惟静
责任编辑：李　娜
出版发行：作家出版社有限公司
社　　址：北京农展馆南里10号　　邮　编：100125
电话传真：86-10-65067186（发行中心及邮购部）
　　　　　86-10-65004079（总编室）
E-mail:zuojia@zuojia.net.cn
http://www.zuojiachubanshe.com
印　　刷：河北京平诚乾印刷有限公司
成品尺寸：130×185
字　　数：116千
印　　张：9.375
版　　次：2024年7月第1版
印　　次：2024年7月第1次印刷
ISBN　978-7-5212-2536-5
定　　价：58.00元